Louis Pergaud

De Goupil à Margot

Mercure de France

Louis Pergaud est né en 1882 à Belmont, petit village du Doubs où son père était instituteur : il y a vécu la vie des petits paysans. Il devient ensuite élève de l'école normale de Besançon, enseigne un temps en Franche-Comté puis à Paris avant d'entrer au service des Beaux-Arts de la ville. Il disparaît en avril 1915 dans les combats autour de Verdun, à l'âge de trente-trois ans.

Sa brève carrière littéraire commence par la poésie mais ses dons de conteur et d'observateur le mettent très rapidement au rang des meilleurs écrivains animaliers. En 1910, il reçoit le Prix Goncourt pour *De Goupil à Margot,* que suit en 1911 *La revanche du corbeau.*

En 1912 il publie la célèbre *Guerre des boutons* puis, en 1913, *Le Roman de Miraut.*

Un recueil posthume de nouvelles *Les Rustiques* paraît en 1921.

La tragique aventure de Goupil

I

Au peintre
Jean-Paul Lafitte.

C'était un soir de printemps, un soir tiède de mars que rien ne distinguait des autres, un soir de pleine lune et de grand vent qui maintenait dans leur prison de gomme, sous la menace d'une gelée possible, les bourgeons hésitants.

Ce n'était pas pour Goupil un soir comme les autres.

Déjà l'heure grise qui tend ses crêpes d'ombre sur la campagne, surhaussant les cimes, approfondissant les vallons, avait fait sortir de leur demeure les bêtes des bois. Mais lui, insensible en apparence à la vie mystérieuse qui s'agitait dans cette ombre familière, terré dans le trou du rocher des Moraies où, serré de près par le chien du braconnier Lisée, il s'était venu réfugier le matin, ne se préparait point à s'y mêler comme il le faisait chaque soir.

Ce n'était pourtant pas le pressentiment d'une tournée infructueuse dans la coupe prochaine au long des ramées, car Renard n'ignore pas que, les soirs de pleine lune et de grand vent, les lièvres craintifs, trompés par la clarté lunaire et apeurés du bruit des branches, ne quittent leur gîte que fort tard dans la nuit ; ce n'était pas non plus le froissement des rameaux agités par le vent, car le vieux forestier à l'oreille exercée sait fort bien discerner les bruits humains des rumeurs sylvestres. La fatigue non plus ne pouvait expliquer cette longue rêverie, cette étrange inaction, puisque tout le jour il avait reposé, d'abord allongé comme un cadavre dans la grande lassitude consécutive aux poursuites enragées dont il était l'objet, puis enroulé sur lui-même, le fin museau noir appuyé sur ses pattes de derrière pour le protéger d'un contact ennuyeux ou gênant.

Maintenant, sur les jarrets repliés, les yeux mi-clos, les oreilles droites, il se tenait figé dans une attitude héraldique, laissant s'enchaîner dans son cerveau, selon les besoins d'une logique instinctive, mystérieuse et toute-puissante, des sensations et des images suffisantes pour le maintenir, sans qu'aucune barrière tangible le retînt, derrière le roc par la fissure duquel il avait pénétré.

Cette caverne des Moraies n'était pas la demeure

habituelle de Goupil : c'était comme le donjon où l'assiégé recherche un dernier refuge, le suprême asile en cas d'extrême péril.

A l'aube encore ce jour-là, il s'était endormi dans un fourré de ronces à l'endroit même où il avait, d'un maître coup de dent, brisé l'échine d'un levraut rentrant au gîte et de la chair duquel il s'était repu.

Il y sommeillait lorsque le grelot de Miraut, le chien de Lisée, le tira sans ménagements du demi-songe où l'avaient plongé la tiédeur d'un soleil printanier et la tranquillité d'un appétit satisfait.

Parmi tous les chiens du canton qui tour à tour, au hasard des matins et à la faveur des rosées d'automne, lui avaient donné la chasse, Goupil ne se connaissait pas d'ennemi plus acharné que Miraut. Il savait, l'ayant éprouvé par de chères et dures expériences, qu'avec celui-là toute ruse était inutile ; aussi dès que le timbre de son aboi ou le tintement du grelot décelaient son approche, filait-il droit devant lui de toute la vitesse de ses pattes nerveuses, et, pour dérouter Lisée, contrairement aux instincts de tous les renards, contrairement à ses habitudes, il allait au loin faire un immense contour, suivait des chemins à la façon des lièvres, puis, revenu vers les Moraies, dévalait à toute vitesse le remblai de pierres roulantes aboutissant à son trou, certain que ses pattes n'avaient pas laissé à son ennemi le fret suffisant pour arriver jusqu'à lui.

C'était là sa dernière tactique que nul événement fâcheux ne lui avait fait modifier encore, et ce jour-là, comme à l'ordinaire, elle lui avait réussi ; mais Goupil n'avait pourtant pas l'esprit tranquille, car, à quelques dizaines de sauts du sentier, il lui avait semblé voir, dissimulée derrière le fût d'un *foyard,* la stature du braconnier Lisée, le maître de Miraut.

Goupil le connaissait bien : mais il n'avait pas cette fois tressauté au tonnerre du coup de fusil qui signalait chaque rencontre des deux ennemis ; il n'avait pas entendu siffler à ses oreilles le vent rapide et cinglant des plombs, de ces plombs qui vous font, malgré la toison d'hiver, des morsures plus cuisantes et plus profondes que celles des grandes épines noires. Il doutait, et de cette incertitude était née l'inquiétude vague, l'instinct préservateur qui, avant la douloureuse évidence, le maintenait dans la caverne au bord du danger pressenti.

Terré au plus profond du roc, il avait perçu des bruits suspects qui pouvaient bien, à la rigueur, n'être que le roulement des derniers cailloux ébranlés sous ses pattes, mais un bâti étrange, qu'il n'avait jamais remarqué, semblait démentir cette facile explication.

Goupil flairait un piège. Goupil était prisonnier de Lisée.

II

Il semblait figé dans une attitude apathique et sphinxiale, mais les pattes de devant agitées de frissons à fleur de poil, la pointe des oreilles frémissant aux rumeurs plus accentuées qui montaient dans la nuit, les éclairs fugaces des yeux dilatant une pupille oblongue sous le rideau mi-baissé des paupières indiquaient que tout en lui veillait intensément.

La profonde méditation du vieux routier dura toute la nuit. Rien d'ailleurs ne le forçait à sortir. Son estomac, habitué à des jeûnes fréquents et prolongés, suffisamment lesté du matin par la pâture dont la chair de lièvre avait fait les frais, l'incitait au contraire à ne pas quitter le refuge d'élection qui l'avait si souvent abrité aux heures périlleuses de sa vie.

Encore que la nuit fût plutôt sa complice, il était trop méfiant pour oser profiter de l'insidieuse protection de son silence et de sa ténèbre. Il attendait l'aube prochaine dans le pressentiment qu'elle apporterait le fait nouveau qui, confirmant ses soupçons ou raffermissant ses espérances, le ferait décider de la conduite à tenir.

Les heures succédèrent aux heures. La lumière de la lune devint plus éclatante et détacha sur le ciel qui semblait noir le profil plus noir des branches au bout desquelles les renflements des bourgeons, à l'extrémité invisible des rameaux, formaient sur la forêt comme un brouillard léger.

De longues files de ramées, alignées parallèlement, et coupées par les bûcherons après la montée de la sève, prolongeaient en d'infinies perspectives des pousses mourantes.

Les merles, qui, au crépuscule, rivalisaient d'entrain et lançaient aux quatre vents les harmonies de leurs solfèges, s'étaient tus depuis longtemps. Seul, le tambour du vent roulait sans hâte et sans cesse à travers les branches, relevé çà et là par quelques miaulements de chouettes ou hululements de hiboux, tandis que de la terre nubile montait une odeur indéfinie, subtile et pénétrante, qui semblait contenir en germe celle de tous les parfums sylvestres.

Comme l'aube poignait, l'homme parut précédé de Miraut. Goupil entendit à l'orée du terrier le reniflement du chien qui l'éventait et l'énergique juron du braconnier supputant de la patience et de l'endurance bien connues des renards la dépréciation de la fourrure argentée qu'il comptait bien lever sur la chair de sa victime enfin capturée.

Cependant Goupil, passant sa langue rouge sur son museau chafouin de vieux matois, se félicitait à sa façon d'avoir échappé au danger immédiat et allait chercher les moyens de se soustraire à son ennemi.

Deux seulement se présentaient : il fallait ou fuir, ou, bravant la faim, lasser la patience du geôlier qui croirait peut-être à une fuite véritable et lèverait le piège. Cette seconde tactique n'était qu'un pis-aller et ce fut à la première que Renard d'abord donna la préférence.

Le piège lui défendant l'entrée du trou, Goupil, de la patte et du museau, sonda méticuleusement les parois de sa prison. L'inspection en fut brève : du roc en arrière, du roc en haut, à droite et à gauche du roc : impossible de rien tenter ; sous lui, dans un terreau noirâtre, les griffes de ses pattes s'imprimaient en demi-cercle ; peut-être le salut était-il là ? Et aussitôt, avec le courage et la ténacité d'un désespéré, il se mit à fouir cette terre molle.

Au bout de la journée il avait creusé un trou d'un bon pied de profondeur et de la grosseur de son corps quand les griffes de ses pattes fatiguées crissèrent sur quelque chose de dur... la pierre était là. Goupil creusa plus loin... de la pierre encore ; il gratta toujours, il gratta toute la nuit, espérant dans le rocher la faille libératrice...

Lentement, selon une courbe inflexible et cruelle, le plancher de roc remontait insensiblement pour venir affleurer à l'entrée du terrier ; mais Renard enfiévré ne s'en aperçut pas : il grattait, il grattait avec frénésie...

Il gratta trois jours et trois nuits, mordant la terre avec rage, bavant une salive noirâtre ; il s'usa les griffes, il se broya les dents, il se meurtrit le museau, il bouleversa toute la terre de la caverne. Impitoyablement le rocher tendait son impénétrable derme, et le misérable prisonnier, affamé, enfiévré parmi le chaos lamentable de la terre remuée, après avoir lutté jusqu'à l'épuisement complet de ses forces, tomba et dormit douze longues heures du sommeil de plomb qui suit les grandes défaites.

III

Sous les tiraillements violents de son estomac depuis longtemps délesté, Goupil s'éveilla parmi le désarroi morne du terrier. Une aube candide riait derrière sa faille de roc; les bourgeons s'épanouissaient; des gammes de verdure propageaient la joie de vivre sous le soleil, et les concerts des rouges-gorges et des merles emplissaient l'espace d'une symphonie de liberté qui devait énerver horriblement les oreilles du captif. Le sentiment de la réalité rentra dans son cerveau comme un coup de dent dans le ventre d'un lièvre, et, résigné, il s'affermit sur les jarrets dans la position la plus commode pour rêver, pour jeûner et pour attendre. Et là, devant lui, hantise affolante, ironique défi à sa patience, le piège se dressait.

C'était un rudimentaire trébuchet inventé par Lisée : deux montants, comme les bois d'un échafaud, supportaient un plateau de chêne, qui semblait les prolonger. Mais, grâce à un ingénieux mécanisme, quand un intrus s'engageait dans ce passage fatal, le plateau de chêne, affilé sur les côtés, traîtreusement glissait comme un couperet par une rainure ménagée dans les montants et lui brisait les reins.

Alors, excité par la faim, le cerveau de Goupil revécut le voluptueux souvenir des lippées franches, évoqua les images d'orgies de chair et de sang, pour retomber, plus modeste, aux nourritures frugales des jours d'hiver, aux taupes crevées dévorées au bord des chemins, aux baies rouges glanées aux buissons dépouillés, aux pommes sauvages découvertes sous la pourriture humide des frondaisons déchues.

Que de lièvres pincés aux *croisades* des tranchées, aux carrefours des chemins de terre, de levrauts occis dans les champs de trèfle ou de luzerne, et les perdrix surprises dans leurs nids, et les œufs goulûment gobés, et les poules hardiment volées derrière les métairies sous la menace des molosses et des coups de fusil des fermiers !

Les heures se traînaient horriblement identiques, augmentant de nouveaux tiraillements la somme de ses souffrances.

Stoïquement immobile, l'estomac appuyé sur le sol comme s'il voulait le comprimer, Goupil, pour oublier, se remémorait les dangers anciens auxquels il avait échappé : les fuites sous les volées de plomb, les crochets pour dépister les chiens, les boulettes de poison tentant sa faim. Mais il revoyait surtout se lever, avec une précision plus terrible, du fond des jours mauvais, certaine nuit d'hiver dont tous les détails s'étaient gravés en lui ; il la revivait entière défilant sur l'écran lumineux de sa mémoire fidèle :

« La terre est toute blanche, les arbres tout blancs, et dans le ciel clair les étoiles qui scintillent durement versent une clarté douteuse, froide et comme méchante. Les lièvres n'ont pas quitté leur gîte, les perdrix se sont rapprochées des villages, les taupes dorment au recoin le plus solitaire de leurs galeries souterraines ; plus de prunelles gelées aux épines des combes, plus de pommes sauvages sous les pommiers des bois. Plus rien, rien que cette blancheur scintillante et molle en paillettes cristallines que la gelée rend plus subtile et qui s'insinue jusqu'à la peau malgré l'épaisseur de la toison.

» Le village, au loin, dort sous l'égide de son clocher casqué de tôle. Il s'y dirige et en fait prudemment le tour, puis, raccourcissant ses cercles, captivé par l'espoir d'un butin, s'en approche peu à peu.

» Pas de bruits, si ce n'est, de quart d'heure en quart d'heure, la note grêle, négligemment abandonnée au silence par l'horloge du clocher ou le bruit métallique des chaînes agitées par les bœufs réveillés dans leur sommeil.

» Une forte odeur de chair parvient jusqu'à son nez : quelque bête crevée sans doute abandonnée là, et dont la putréfaction commençante chatouille délicieusement son odorat d'affamé.

» Prudemment, il va, rasant les murs de clôture,

profitant de l'ombre des arbres, jusqu'à quelques sauts de l'endroit où il la devine gisant, masse brune sur la vierge blancheur de la neige.

» La maison d'en face dort profondément ; la baie tranquille d'une grande fenêtre semble attester de sa solitude ou de son sommeil.

» Mais Goupil est soupçonneux. Mû par sa logique instinctive, il s'élance bravement à toute vitesse dans l'espace découvert, et passe sans s'y arrêter devant la charogne, les yeux fixés sur la fenêtre suspecte. Un autre que lui n'aurait rien remarqué ; mais le regard perçant du vieux sauvage a vu briller au coin supérieur d'une vitre un infime reflet rougeâtre, et c'en est assez, il a compris.

» L'homme là derrière peut armer son fusil et se préparer à tirer : les plombs ne seront pas pour lui. Car Goupil est sûr que derrière cette croisée silencieuse un homme veille, un de ses ennemis, un assassin de sa race ; il a éteint la lampe pour faire croire au sommeil, mais les soupiraux de son poêle, qu'il a négligé de fermer, viennent de déceler sa présence, et Goupil, qui a déjà entendu des coups de feu dans la nuit, sait maintenant pourquoi il veille. Qui sait combien d'autres, moins méfiants, ont payé de leur vie l'imprudence de s'exposer à si belle portée au coup de feu de l'assassin ! Et Goupil a reconstitué les drames : l'homme tranquillement assis dans sa maison mystérieuse, spéculant sur la misère des bêtes, offrant à leur faim de quoi s'apaiser et, le moment venu, protégé par l'ombre complice, fusillant ses victimes par le carreau entrouvert.

» C'est là qu'ont péri ses frères des bois, qui, moins résistants que lui, se sont aventurés dans le village et qu'il n'a jamais revus.

» Et Renard reprend, à petits pas, toujours dissimulé, le chemin de son bois, quand, à la crête d'un mur, une silhouette féline s'est précisée dans la lumière. Ses grands yeux sombres ont choqué dans la nuit les prunelles phosphorescentes du domestique, et, d'un bond formidable, il s'élance sur ses traces.

» Le chat sait bien que la menace de ses griffes, suffisante pour refréner l'audace des chiens, n'arrêtera pas l'élan du vieux sauvage et que la fuite ne le protégera pas non plus de l'atteinte de Goupil. Mais un pommier est proche. Il y atteint, il grimpe déjà quand un coup de dent sec l'arrête et le livre à son ennemi qui l'achève. Et la nuit silencieuse retentit d'un sinistre et long miaulement, un miaulement de mort qui fait longtemps aboyer au seuil de leur niche ou au fond des étables tous les chiens du village et des fermes voisines. »

Et d'autres souvenirs encore chantèrent ou frémirent en lui pendant que les heures enchaînaient leurs maillons monotones et que les jours s'éternisaient.

Puis les idées de Goupil s'imprécisèrent, se brouillèrent ; les souvenirs des repues se mêlèrent pour d'effrayants cauchemars aux images de terreur : des rondes fantastiques de lièvres tournaient autour de lui, tirant des coups de fusil qui labouraient sa peau, lui enlevant de longues traînées de poil sans parvenir à l'achever. Une fièvre intense le prenait ; son museau noir si froid s'échauffait, ses yeux devenaient rouges, ses flancs battaient, sa longue et fine langue pendait hors de sa gueule comme un torchon humide et chiffonné, laissant perler de temps à autre, au bout d'une gouttière centrale, une goutte de sueur qu'il ramenait d'un mouvement sec dans sa gueule en feu pour la rafraîchir.

Le temps fuyait. Il avait flairé son piège et cherché, pour l'éviter, à comprendre le danger, mais son cerveau de sauvage ne comprenait rien aux mécaniques des hommes, et à cet inconnu plein d'un mystère angoissant, il avait préféré la faim dans la sécurité du refuge.

Un matin il eut une joie et crut à sa délivrance. L'homme vint. Il resta là quelques instants, remua quelque chose et repartit ; mais le juron terrible dont il souligna son départ ne laissa qu'une très vague espérance au cœur de Renard. Lisée n'avait fait qu'essayer le piège, et, maintenant, tous les jours, à l'aube, il revenait, sentant proche le dénouement.

Pendant ce temps, la fièvre tenaillait Goupil de plus en plus. Tantôt il restait allongé de longues minutes, haletant désespérément, tantôt il se relevait et tournait en rond autour de sa prison pour y chercher une issue qu'il espérait toujours sans jamais trouver.

Une lune échancrée, une lune de dernier quartier

gravissait l'horizon, une lune rouge. N'était-ce pas un quartier de viande saignante qu'une puissance cruelle promenait dans le ciel sur un plateau de nuages ! Fixe, Renard tendait vers elle un cou amaigri, un museau hâve, des yeux immenses. Comme au premier soir de sa captivité, le cor du vent, d'un souffle puissant, retentissait dans les corridors de verdure, et Renard croyait entendre le flux et le reflux des abois d'une meute immense qui se rapprochait peu à peu ; ou bien le bourdonnement de son cerveau lui semblait un bruit de source, et, pour y désaltérer sa soif dévorante, il tournait sans fin sur lui-même, cherchant de tous côtés l'eau, l'eau limpide qu'il laperait longuement.

L'aube du onzième jour épanchait une clarté laiteuse au haut des futaies voisines. Il fallait en finir. Brusquement, Goupil fut décidé, et, sans regarder autour de lui, affermissant dans une énergie sombre ses pauvres pattes amaigries, il prit un élan désespéré et s'élança dans l'inconnu !...

IV

Sous la lourdeur apparente dont il masquait la vivacité de sa démarche, Lisée, ce jour-là comme les jours précédents, gravissait la cluse étroite où les clous de ses gros souliers avaient frayé par leurs dures empreintes un vague sentier aboutissant à la prison de Goupil.

En chien bien dressé, le fidèle Miraut le précédait de quelques sauts. Celui-ci d'ordinaire ne dépassait jamais, à la quête, une certaine distance qu'une longue habitude et une entente réciproque avaient consacrée. Mais ce jour-là Lisée, par des sifflements brefs et réitérés, était obligé de rappeler son vieil associé aux conventions anciennes.

Le nez au vent, le fouet battant, Miraut éventait une proie, et Lisée, pensant au sort de Goupil, frottait de joie l'une contre l'autre ses grosses mains calleuses. Mais il n'accentua pas son allure et continua son chemin vers le terrier où le chien, qui l'avait devancé, campé sur ses quatre pattes, le mufle tendu, l'œil fixe, le corps écrasé, la queue rigide, n'attendait pour bondir que la présence et le signe de son maître.

Sous le poids du plateau de chêne qui s'était affaissé, Renard, efflanqué, à demi pelé, gisait sur le flanc droit, l'arrière-train pris par le piège qui l'avait arrêté à la jointure des cuisses, et, le couchant un peu sur le flanc, avait protégé d'un choc mortel la colonne vertébrale du fugitif. Une mucosité blanchâtre sortait des narines, et ses grands yeux rouges et chassieux s'étaient fermés avec le choc qui lui avait fait perdre connaissance. Il y avait peut-être un quart d'heure qu'il était ainsi lorsque parut Lisée.

Un sourire méchant et dédaigneux indiquait que le triomphe du vainqueur était mitigé par le peu de cas qu'il faisait de la valeur du vaincu. La peau ne valait plus rien, et quel pauvre diable, si affamé fût-il, après avoir, selon la coutume, laissé geler la chair pour lui enlever en partie son odeur de sauvage, eût osé s'attaquer à une aussi minable dépouille !...

Tout à coup le braconnier, qui observait attentivement sa victime, vit frémir les flancs de Goupil. Celui-ci, en effet, n'était qu'évanoui.

Une idée aussitôt, une idée féroce de vengeance et de farce, germa dans le cerveau de Lisée.

Silencieux toujours, il détacha le collier de son chien qu'il boucla immédiatement au cou de Renard et fouilla les poches d'un vieux pantalon de droguet qui laissait voir par endroits la trame bleuâtre du coton. Avec des morceaux de ficelle qu'il en tira, il confectionna fort vite une solide muselière dans laquelle il enferma le museau du vieux fouinard, lui lia avec son mouchoir les pattes de derrière, démonta le piège, qu'il dissimula dans un fourré voisin, puis, de ses deux mains saisissant Renard par les quatre pattes, le jeta sur ses épaules comme un collier et reprit de son même pas rapide et lourd le chemin du village.

Miraut suivait par-derrière, l'œil rivé au nez pointu qui ballottait sur l'épaule de l'homme.

Le rythme de la marche, la chaleur du soleil, l'air balsamique et pur de ce beau matin de printemps rendirent peu à peu à Goupil l'usage de ses sens.

Ce fut d'abord une sensation très douce de soulagement et de légèreté qui contrastait avec la douleur aiguë et l'angoisse atroce éprouvées en sentant le piège qui le happait ; puis l'agréable dilatation de ses poumons sous la poussée de l'air frais et odorant suscita le souvenir jumeau des temps de libre divagation dans les bois ; enfin, ce fut pour lui une joie inconsciente de revoir à travers les brumes de sommeil la saine clarté et de jouir du beau soleil qui montait à l'horizon.

Mais au fur et à mesure que la conscience lui revenait, les sensations se modifiaient ; d'abord ce fut aux pattes et au cou une impression de gêne, et dans la tête un sentiment de lourdeur ; puis, brutalement, la sensation d'une odeur étrangère, l'odeur de l'homme et du chien mordant son cerveau sans souvenir le rappela violemment à la réalité. Il ouvrit tout grands ses yeux de fièvre et vit tout : l'homme qui le portait, le chien qui le suivait, ses pattes emprisonnées dans les rudes mains du braconnier, et le village au loin avec ses toits de *laves,* ce village mystérieux plein de pièges et d'ennemis.

Il eut un roidissement instinctif et désespéré de tout son être, une détente formidable de tous ses muscles pour tenter de se faire lâcher de Lisée et de prendre sa fuite à travers la forêt. Mais l'homme veillait ; il serra plus fort ses poings noueux qui froissèrent d'une étreinte plus étroite les pattes du malheureux, et Miraut, par des grognements significatifs, affirma lui aussi son implacable vigilance.

Une angoisse plus terrible qui lui fit oublier tout : la faim, la soif, la souffrance, tortura de nouveau le cerveau de Goupil. Le danger avait changé de forme, mais il était plus immédiat, plus certain, plus terrible encore. Il regretta presque les heures atroces où il mourait de faim dans son trou et se demandait à quel supplice il allait être voué avant de mourir.

Il se voyait déjà attaché par les quatre membres, livré à la dent des chiens ou servant de cible aux coups de Lisée. Il se représentait à demi écorché, la chair pantelante, les os brisés, et croyait sentir s'enfoncer dans ses muscles les plombs aigus, venus on ne sait d'où, qui restent comme une épine inarrachable et par les trous desquels le sang coule, coule toujours sans cesse et sans remède.

Miraut déjà montrait des crocs aigus, et, pour répondre à cette provocation, Goupil, à travers les mailles de la muselière, découvrait lui aussi, sous un froissement de mufle, des gencives décolorées d'où jaillissaient des canines pointues. Ah ! qu'il eût mordu volontiers le bourreau qui le portait, mais celui-là était bien sûr de l'impunité et, railleur impitoyable, continuait en souriant silencieusement sa marche vers le village.

Renard en percevait les bruits, qu'il connaissait à peu près pour avoir jadis dissocié les rumeurs étudiées de loin : d'aucuns lui étaient indifférents ; d'autres touchaient plus particulièrement à sa vie de chasseur de félins et d'amateur de basse-cour, d'autres enfin, les plus terribles, lui rappelaient que l'homme et son féal le chien étaient des ennemis sur la clémence desquels il ne devait jamais compter : c'était des meuglements de vaches, des grincements de voitures, des gloussements de volailles, des abois de chiens et des cris aigus de gamins jouant et se disputant au seuil des maisons. Le vaincu se voyait déjà entouré d'un cercle féroce, d'une triple haie infranchissable d'ennemis, et sentait de plus en plus sa perte impossible à conjurer.

De bonheur pour lui, Lisée habitait une maisonnette un peu à l'écart. Il s'engagea dans une ruelle bordée de deux haies d'aubépine où des galopins qui cueillaient la violette s'émerveillèrent de la bête curieuse et méchante qu'il rapportait et lui firent escorte jusqu'à sa demeure.

Avec une corde il fixa Goupil au pied du lit, dans la chambre du poêle, et déjeuna d'un bol de soupe fumante que lui servit sa femme ; puis il vaqua à sa besogne journalière, laissant sous la garde de Miraut le vieux fauve muselé qui s'attendait toujours à voir le chien bondir sur lui pour le déchirer.

Il n'en fut rien cependant, et Miraut se contenta de se coucher en rond sur un sac de toile auprès du poêle, en lui jetant de temps à autre des regards de haine, conscient de la responsabilité qui lui incombait.

Des rumeurs enfantines de cris, de disputes, de rires enveloppaient le prisonnier d'une atmosphère d'angoisse ; tous les gamins du village, prévenus par ceux qui avaient vu, montaient la garde autour de la maison dans l'espoir de voir aussi.

Quelquefois un d'eux, plus hardi, se haussant jusqu'à la croisée, hasardait un rapide coup d'œil sur l'intérieur mystérieux, puis, interrogé par les autres et n'ayant rien vu, se réfugiait dans un silence plein de sous-entendus.

Cette rumeur était une menace pour Goupil. Une sensation d'accablement envahissait de plus en plus son cerveau ; ahuri par tant d'événements, il ne savait plus et devenait inconscient. Il ne s'aperçut pas que le jour baissait, mais il frémit lorsque le braconnier revint avec plusieurs autres ennemis de même odeur que lui et qui faisaient sortir de leurs pipes de longues bouffées de fumée bleue. Ils riaient.

Goupil ignorait l'odeur du tabac : elle le prit au nez et à la gorge comme l'étrangleuse avant-courrière de la mort. Il ne comprenait pas le rire. Si Miraut, observateur et fin, avait pu comprendre que ce signe extérieur chez son maître correspondait pour lui à des caresses et à des bons morceaux ; s'il s'essayait lui-même comme beaucoup de ses congénères à un retroussis plus ou moins gracieux des babines pour faire comprendre à l'homme sa bonne humeur et sa soumission, il n'en était pas ainsi pour le vieux sauvage qui ne voyait dans cette manifestation que les chicots de dents, jaunis par le tabac, trouant des mâchoires féroces, et des ventres qui bougeaient comme s'ils eussent voulu happer d'eux-mêmes une proie convoitée.

Goupil ne pouvait établir de relations qu'entre ces dents qu'il voyait saillir et ces ventres qu'il voyait remuer, et c'était pour lui un signe terrible de danger et de menace.

Lisée parlait en gesticulant, et les bouches devenaient plus grandes, et les dents devenaient plus longues, et les ventres se trémoussaient plus violemment, et les physionomies devenaient plus terribles. Le dénouement était proche.

Tranquillement, comme pour en régler les derniers apprêts, les hommes s'assirent tandis que Lisée préparait les instruments qui devaient servir à la torture du condamné et que celui-ci, se mussant au coin du lit, essayait en vain de se dissimuler et aurait voulu se fondre et disparaître.

Enfin le braconnier parut avoir terminé. Il tenait d'une main comme une mâchoire noire de métal, de l'autre une petite sphère métallique creuse, percée en haut de deux trous ronds qui semblaient deux yeux de cadavre, et en bas d'une large fente semblable à une bouche distendue par un rire méchant.

Brusquement il fondit sur Goupil, dont il serra le poitrail et le cou entre ses genoux. Celui-ci se sentit perdu, et après une vaine velléité de révolte, devant l'impossibilité même d'une vague espérance, s'abandonna à son sort. Il sentit le froid du fil de fer lui entourer le cou, il vit la mâchoire de métal, la tenaille d'acier se fermer brusquement sur ce fil et sentit ce nouveau collier qui progressivement resserrait sur son cou son étreinte implacable... On allait l'étrangler !...

Mais Lisée, passant un doigt entre le cou et le fer,

suspendit le supplice, rejeta après l'avoir défait le collier de cuir de Miraut, puis, saisissant par la sphère de métal Goupil ahuri, le traîna vers la porte, suivi du chœur sauvage et impitoyable des hommes.

Dans la direction de la mare d'où, comme des pétillements cristallins, jaillissait le chant des crapauds, le braconnier fit sortir Goupil, et, avant que celui-ci eût pu rien comprendre à ce qui se passait, Lisée, avec un formidable coup de pied au derrière, le lançait au large de la nuit.

V

Renard ne chercha pas à comprendre, et d'instinct, comme le poisson sorti de l'eau fait des bonds vers sa rivière, il fila à toute vitesse vers la forêt natale. Mais horreur, le grelot de Miraut, le grelot fatal, le même qui l'avait éveillé dans les ronces sur les reliefs du lièvre, le suivait dans sa course.

Non, ce n'était point une hallucination, c'était bien le grelot qui, distinctement, détachait ses notes grêles et saccadées sur les rumeurs bourdonnantes du silence mariées aux crépitements d'insectes.

Miraut ne donnait pas de la voix, de ces coups de gueule prolongés et réguliers qui retentissaient quand il suivait sa piste et que tous les échos du bois lui renvoyaient. Cette poursuite silencieuse n'en était que plus terrible, plus affolante par le mystère dont elle s'entourait. Le chien sans doute devait le serrer de près, il s'apprêtait peut-être à le saisir, et Renard croyait à chaque instant sentir un croc aigu lui traverser la peau ; déjà il croyait percevoir le froissement des muscles des jambes du limier s'efforçant à l'atteindre et la respiration précipitée de ses poumons essoufflés.

C'était une lutte de vitesse, une lutte désespérée dans laquelle le mieux musclé, le plus persévérant, vaincrait l'autre.

En attendant, et parallèlement, sans rien gagner ni rien perdre, le grelot s'attachait résolument à ses trousses. Lutte héroïque, mais inégale : d'un côté, le chien plein de vigueur, altéré de vengeance ; de l'autre, Goupil affamé par onze jours de jeûne, affaibli par la fièvre et soutenu seulement par l'instinct de conservation qui lui ferait user ses dernières forces avant de s'abandonner à son sort.

Redoublant de vitesse, il s'enfonça dans la nuit ; il ne regardait rien, ne sentait rien, ne voyait rien ; il n'entendait que le bruit du grelot dont chaque tintement, comme un coup de fouet, cinglait son courage chancelant, relevait ses pattes qui butaient et semblaient frotter d'une huile réconfortante ses muscles recrus.

La lisière du bois était proche avec son mur bas aux pierres moussues, écroulées par endroits, son fossé à demi comblé ; il le franchit d'un bond à une brèche de mur, près de l'ouverture d'une tranchée d'où les lièvres sortaient habituellement pour aller pâturer. Il passa là sans réfléchir, poussé par une force instinctive qui lui disait peut-être que le chien abandonnerait sa piste pour courir un lièvre déboulé devant eux ; mais Miraut était tenace et le grelot continua de tinter avec lui.

La tranchée rectiligne, non élaguée par les gardes, semblait bondir vers une « sommière » comme une immense arche de verdure, d'où les branches plus basses pendaient comme des guirlandes. Les étoiles à travers leur lacis s'allumaient discrètement, les merles reprenaient sur cent thèmes différents leur chanson crépusculaire, et des bandes innombrables de hannetons, s'élevant des champs et volant vers les jeunes verdures du bois, faisaient une rumeur lointaine et intense de vague qui s'enflait et s'apaisait tour à tour.

Renard fuyait, fuyait éperdument, dépassant sans même les regarder les bornes de pierre des tranchées, coupant l'une pour reprendre l'autre, lâchant le taillis pour la coupe et la coupe pour la plaine, toujours poursuivi par l'implacable grelot.

La lune se leva. Goupil regagna les taillis, puis les fourrés épais au travers desquels son habileté de vieux forestier le faisait glisser rapide comme une ombre sur un mur et où il espérait bien, à la faveur des ronces et des clématites, faire perdre sa trace au limier farouche qui lui donnait la chasse.

Il tournait autour des chênes, glissait sous les

enchevêtrements de ronces qui le mordaient au passage sans arrêter ni ralentir son délirant élan ; il s'engloutissait sous des tunnels de végétations neuves, pour rejaillir, cinq ou six pas plus loin, dans l'éclaboussement d'une gerbe de clarté, et toujours, toujours derrière lui le tintement du grelot sonnait comme son glas funèbre, un glas monotone et éternel.

Sous ses pas des bêtes se levaient, des vols brusques d'oiseaux surpris s'ouvraient, trouées noires s'évanouissant dans le demi-jour sinistre du sous-bois ; des hiboux et des chouettes, attirés par le son du grelot, suivaient de leur vol silencieux cette course étrange et nouaient au-dessus de sa tête leurs vols mous.

Renard s'enfonça résolument dans les fourrés les plus épais ; un instant, une clématite l'arrêta au passage, d'un brusque sursaut il la rompit, repartit, et le grelot cessa de se faire entendre. Une espérance gonfla la poitrine de l'évadé et banda ses muscles d'une force nouvelle ; Miraut, sans doute, l'avait perdu de vue, et il fila comme une flèche droit devant lui. Il courut deux cents, trois cents sauts peut-être dans ce silence plein d'espérance, puis, pour bien s'assurer de sa solitude, s'arrêta net et jeta un coup d'œil en arrière.

Il n'avait pas encore tourné la tête que le son grêle et saccadé du grelot déchirait de nouveau son oreille et le rejetait avec toutes les affres du doute dans une nouvelle course à travers les bois.

Il courut toute la nuit, sans une trêve, jusqu'à ce que ses pauvres pattes enflées et raides se dérobant sous son corps le jetèrent sur le sol, loque inerte, à quelques pas d'une source où il roula inconscient, à demi mort, sans un regard et sans une plainte.

Et aussitôt, comme si son œuvre était accomplie, le grelot se tut.

VI

Nul ne saurait dire le temps que Goupil passa dans cette prostration totale qui n'était plus la vie et n'était pas encore la mort. La force vitale du vieux coureur des bois devait être bien puissante pour qu'elle pût, après tant de jeûne, tant d'émotions, tant de fatigue et tant de souffrances, le réveiller de sa léthargie et le rejeter à la lumière.

Rien ne surnageait dans le chaos de ses sensations. Au milieu du bon silence protecteur qui l'environnait et avant même que son estomac le rappelât trop vivement à la douloureuse réalité, ce fut au cou une sensation de gêne qui l'éveilla : ce fil de fer de Lisée sur lequel étrangement sa pensée se fixait et sa vie nouvelle semblait se condenser. — D'ailleurs deux sensations pouvaient-elles trouver place dans son cerveau affaibli ! Était-il éveillé ? Dormait-il ? Rêvait-il ? Il ne savait pas. Ses yeux étaient clos, il les ouvrit. Il les ouvrit lentement, sans bouger le corps, et les promena sur le paysage paisible qui l'environnait ; puis, avec des lenteurs calculées, les lenteurs auxquelles il savait se plier quand, guidé par son subtil odorat, il s'approchait le soir des compagnies de perdreaux, il tourna la tête autour de lui. — Rien de suspect, il respira. — Où donc avait pu passer le chien ? — Évanoui comme un mauvais songe. Peut-être, après tout, n'avait-il fait qu'un long cauchemar ? — Mais non, ce fer, ce fil de fer bien gênant restait là pour affirmer la rétrospective horreur de son effrayante captivité !

Instinctivement, Goupil y porta la patte dans l'espoir peut-être de s'en dégager ; mais il ne l'avait pas plutôt touché que le grelot résonnait de nouveau et qu'il s'affaissait sur lui-même, sentant courir tout le long de son échine un long frisson d'épouvante. Il ne pouvait plus fuir, il n'en avait plus la force. — D'un coup d'œil rapide il embrassa tout l'horizon. Rien ! Pourtant le grelot était là tout proche ! Et soudain Goupil comprit.

La sphère de métal à la bouche moqueuse, aux yeux de mort, que Lisée avait glissée dans le fil de fer noué à son cou, c'était le grelot de Miraut ; c'était avec ce grelot fatal qu'il avait couru toute la nuit se croyant poursuivi par le chien ; c'était là la vengeance de Lisée qui lui avait fait dans huit heures de course nocturne épuiser le calice des angoisses, et maintenant qu'il renaissait à l'espérance et à la joie, allait le suivre impitoyablement, empoisonner ses jours et accomplir envers et malgré tout son œuvre fatale.

Douloureusement sur ses pattes maigres il se dressa,

l'avant-train d'abord, le derrière ensuite, et s'approcha de la source dont le bruissement continu et monotone était comme une sorte de silence, un silence plus chanteur sur la tonalité duquel les différents cris des habitants des bois s'harmonisaient paisiblement.

Il lapa longuement avec un claquement de castagnettes l'eau limpide dans laquelle il brouilla son image, l'image d'un Goupil amaigri que, d'ailleurs, il ne voyait pas, d'un Goupil dont le museau pointu seul vivait, et sur la tête duquel les courtes oreilles aiguës et comme détachées semblaient deux tourelles jumelles, épiant les bruits de la campagne avec toujours la crainte de voir surgir dans des perspectives de silence des bruits ennemis.

Puis il songea à manger, et, comme la forêt ne lui offrait pas de suffisantes ressources, il gagna la plaine herbue d'où les alouettes, par intervalles, semblaient jaillir comme des jets de joie, pour, dans une sorte de titubement ascendant, gagner le ciel, qu'elles emplissaient de leurs roulades, et retomber ivres d'azur.

Là il trouverait certainement quelques-unes des herbes qu'il avait toujours connues ou qu'il avait appris à connaître : les bâtons d'oseille sauvage, peut-être quelques champignons, le chiendent purgatif, ou encore quelques taupinières qu'il attaquerait résolument, et, qui sait, peut-être des cadavres à demi décomposés de bêtes ou d'oiseaux morts pendant l'hiver et que nul encore n'aurait retrouvés.

Mais que ce grelot était agaçant ! Sans doute il

s'habituerait assez vite à la gêne de sentir au cou l'étranglement du fer, mais ce son qui s'attachait à lui comme une épine, lui rappelant trop les dangers courus et à craindre, gâtait sourdement la belle joie qu'il aurait éprouvée à jouir pleinement de la vie. C'était la rançon de sa liberté qu'il était condamné à traîner jusqu'à la mort. Et des envies féroces de s'en débarrasser le tenaillaient.

Maintes fois, couché sur le dos, les pattes de derrière en l'air, raidies par la volonté et la colère, il avait, de celles de devant, frotté son cou de battements réguliers et nerveux pour repousser ou briser l'étreinte métallique du fil de fer de Lisée. Il ne réussit qu'à se peler entièrement le cou de chaque côté de la tête, et à se meurtrir les ongles des pattes, mais le collier qui le tenait ne desserrait point son étreinte, et à chaque battement de patte le tintement du grelot semblait un rire insolent ou un ironique défi. Et Renard cherchait à s'y habituer, mais en vain, et des colères terribles que rien ne pouvait refréner lui serraient la gorge et contractaient ses muscles. Il fallait pourtant vivre.

Il vécut.

Tour à tour les herbes de la plaine et les fruits des bois, et les hannetons qu'il secouait des arbustes lui fournirent la pâtée quotidienne ; puis ce furent les nids des petits oiseaux qu'il savait découvrir derrière les boucliers de verdure des haies et sous les herses épineuses des groseilliers sauvages. Tantôt il en gobait les œufs, tantôt il en dévorait les oisillons, de petits corps tout rouges qui avaient les yeux clos et ouvraient des becs énormes en entendant le froissement des rameaux s'écartant au-dessus de leurs têtes. Il pouvait se hausser jusqu'aux nids des merles bâtis sur les branches basses des coudriers, il détruisit dans les blés en herbe des couvées de perdrix et de cailles, et même, protégé par son grelot, put, sans donner l'éveil, s'approcher des métairies.

Il avait une haine particulière contre certain coq de la Grange Bouloie, un vieux Chanteclair au timbre suraigu, aux lourdes pattes emplumées, aussi rusé que lui, pacha tout-puissant et jaloux d'un vaste sérail de gélines qui semblait, chaque fois qu'il approchait, deviner sa présence, et, dressant la tête et battant de l'aile, poussait un coquerico de rappel, une sonnerie précipitée qui prévenait les poules en danger et les ramenait en désordre vers la niche du molosse où elles se sentaient en sûreté.

Depuis longtemps Goupil avait résolu sa mort.

Plusieurs jours de suite, il l'épia, puis, fixé sur ses habitudes, s'en vint un beau matin se tapir derrière une haie et attendit.

La crête au vent, l'œil en sang, les plumes en bataille, en tête du troupeau gloussant, Chanteclair approchait. Mais il n'avait ni la galanterie facile ni l'audace fanfaronne des jours de belle assurance : visiblement, il sentait un danger. Goupil fit sonner son grelot, et ce son domestique rassura l'ennemi ; puis, avec une patience de vieux chasseur, il le laissa doucement approcher, et quand il fut bien près et dans l'impossibilité de lui échapper, Renard fit dans sa direction un bond prodigieux, le poursuivit, l'atteignit, lui broya le poitrail entre ses mâchoires, et, fier de sa victoire, portant haut sa tête narquoise, insoucieux de la déroute des poules, il l'emporta dans la forêt où il le dépluma et le mangea.

Il décima ensuite facilement le stupide troupeau de poules de son voisin le fermier ; mais il y allait à intervalles si variables, à des heures si différentes, que l'autre ne pouvait songer à le surprendre et, ne l'ayant point vu, n'ayant eu vent de l'identité du voleur que par le son du grelot, ignorant d'ailleurs l'aventure de Goupil, accusait fermement Miraut d'être l'assassin de ses poules et ne parlait rien moins que d'intenter à Lisée un bon procès ou de lui démolir son rien qui vaille de chien.

Cependant Goupil engraissait, et s'il avait dû en partie se résigner à laisser les lièvres en repos, les volailles de la Grange Bouloie offrant une suffisante compensation, il reprenait confiance en la vie.

Une chose pourtant lui pesait horriblement : c'était sa solitude.

Jamais, depuis le soir de sa captivité, il n'avait revu un de ses frères, et il ne pouvait sans une profonde émotion évoquer les taquineries mutines, les petits mordillements d'oreilles qui précédaient les grandes expéditions, ni les grandes querelles suscitées par les partages difficiles, et qui faisaient jaillir comme des défis la rangée aiguë des canines puissantes sous le retroussis des babines noires.

Rien, plus rien que la forêt ; il semblait que sa race se fût évanouie avec sa captivité.

Et pourtant il sentait autour de lui sa présence continuelle. Il la sentait par les traces que les autres renards laissaient en traversant les chemins de terre toujours humides du sous-bois, par le fret de leurs pattes sur les herbes des clairières et aux rameaux des branches basses des fourrés, et surtout par les glapissements particuliers qui lui signalaient une chasse nocturne de deux associés : l'un faisant le chien, donnant de la voix, une petite voix grêle comme enrouée, tandis que l'autre, selon la direction indiquée par l'aboi, allait occuper l'emplacement probable où passerait le lièvre et l'étranglerait sans courir.

Les passages, il les connaissait tous et se trompait rarement quant à la direction ; il avait même, un jour que la faim le talonnait un peu, osé attendre et étrangler un oreillard que Miraut chassait. Mais il ne s'y était jamais repris, car le limier, aussi fin que lui, devinant la ruse du pillard, sans perdre un instant et pris d'une nouvelle ardeur s'était mis à sa poursuite. Chargé du poids de sa capture, il aurait été infailliblement atteint s'il n'avait été assez prudent pour abandonner à son ennemi cette proie dérobée qui lui aurait fourni un si copieux repas. C'était Miraut qui sans doute avait retrouvé le lièvre dans la rocaille escarpée où il l'avait abandonné, et des traînées de poil et des éclaboussures de sang sur les cailloux disaient assez la plantureuse lippée qu'il s'était égoïstement offerte.

Goupil, naturellement, songea à profiter de la chasse de ses congénères, mais il n'y réussit que rarement, car si le grelot éloignait toujours le chasseur à longue queue à l'affût, il lui arrivait très souvent aussi qu'il détournait du passage le lièvre roux attentif à tous les bruits de la forêt. Mais en cette occurrence, ce qu'il cherchait surtout, c'était à revoir les autres renards afin de leur faire comprendre qu'il n'était pas l'ennemi ; peine perdue, le solitaire ne put amener à lui ses frères farouches, ni parvenir à eux ; ses appels restèrent sans autre réponse que celle de l'écho qui lui renvoyait comme une raillerie la fin plaintive de ses glapissements.

Il reconnut, un certain soir, la voix de son ancien compagnon de chasse, associé à un autre, un rival sans doute, et il en fut triste, car il se sentait mis au ban de sa race et comme mort pour les autres renards.

Que de fois, même sans désir de pillage, n'avait-il pas essayé d'approcher de ceux qui chassaient, mais dès qu'il approchait, la chasse semblait s'évanouir, tout retombait au silence : le grelot faisait le mystère et le vide autour de lui.

VII

Vint la saison de l'amour.

Sur les pas des hermelines en folie, Goupil reniflait de voluptueuses odeurs qui faisaient claquer ses mâchoires et mettaient en feu son sang. Tout son être alors vibrait du grand courage nécessaire pour les luttes qui suivaient la parade nuptiale dont elles n'étaient que la forme suprême, et il évoquait devant les rivaux blessés, honteux et vaincus, la femelle plus fluette docile au désir du maître.

Ah ! ces batailles au fond des bois, ces ruées féroces où les dents s'enfonçaient dans les toisons et faisaient saigner les chairs, ces duels hurlants à la suite desquels le vainqueur, blessé lui aussi et sanglant, jouissait de son triomphe, tandis qu'au loin, encore menaçants, les vaincus montraient les dents ou tournaient inquiets et plaintifs autour du couple attaché.

Goupil était un des forts ; il était souvent resté maître dans ces tournois nocturnes, et avec une rage décuplée par l'insaisissabilité du but il suivait les multiples pistes où les pattes des rivaux se confondaient dans le trajet suivi par les bien-aimées ; mais le but fuyait, jamais atteint, car le grelot maudit, signalant la présence d'un intrus, réconciliait les rivaux devant le péril commun et faisait fuir toujours les groupes amoureux.

Et toutes les nuits il courait, lâchant une piste pour en suivre une autre, dans l'espoir, toujours déçu, que les glapissements d'appel qu'il poussait sans cesse vers la femelle suffiraient pour l'empêcher de fuir devant le grelottement approchant.

Il désespérait. Il en oubliait de voler des poules et de boire aux sources : la fièvre d'amour le minait, et des rages folles le faisaient, comme aux premiers jours de sa libération, se jeter à terre le dos sur le sol pour tenter violemment de rompre enfin le fer qui rivait à ses jours l'indélébile marque de la férocité des hommes.

Peine perdue.

Un soir pourtant il changea de tactique. Il venait de croiser le sillage tout frais d'une femelle en rut et, coûte que coûte, concentrant sur ce but toutes les violentes énergies du mâle exacerbé, voulut arriver jusqu'à elle. Il fallait faire taire le grelot ? — Il le voulut !

Pour y parvenir il décida de réaliser à travers le dédale inextricable des branches une marche lente et souple durant laquelle sa tête et son cou devraient conserver la plus stricte immobilité. Il s'engagea donc sur les traces de dame Hermeline, le corps tout entier tendu dans une crispation terrible, les pattes arquées, la tête mi-baissée pour suivre les pas de la compagne.

Avec d'infinies précautions il avançait, étouffant sous son désir et sa volonté les émotions instinctives. C'était un sentier ou une tranchée qu'il se contraignait à franchir lentement quand, au fond de lui, un subconscient conservateur cambrait déjà pour le franchir d'un bond les muscles de ses reins, ou le passage d'une proie facile que ses yeux malgré lui suivaient dans sa fuite précipitée.

Il passait par-dessus les branches, se glissait sous les ramures basses des bouquets d'arbustes, tantôt haussé sur la pointe des griffes, tantôt écrasé sur ses souples jarrets ; il allait lentement, angoissé, des vertiges à la tête, des battements au cœur en sentant, au fur et à mesure que le but approchait, l'odeur voluptueuse lui troubler les sens, attentif au moindre mouvement de son cou, au plus léger frémissement de grelot.

Il arrivait.

Au centre d'une clairière toute blonde de lune, deux mâles déjà se disputaient la femelle qui les regardait. Les crocs s'enfonçaient avec des grognements assourdis dans la peau des adversaires, des pattes raidies se crispaient sur les dos et les reins, des gouttes de sang coulaient, les yeux brillaient férocement.

Tournant en rond autour des rivaux dans l'étroite clairière dessinée par la place regazonnée d'une meule de charbonniers, la femelle sereine les regardait les yeux mi-clos, la queue balancée comme une traîne féminine.

Elle passa devant Goupil, l'éventa et s'en approcha, et lui, enhardi, excité, malgré la raideur obligatoire de son cou, sans se préoccuper des deux autres qui s'entr'égorgeaient, sans entendre et sans voir, préluda par les caresses préliminaires à l'acte d'amour.

Mais au moment où il allait chevaucher la femelle en

redressant l'avant-train d'un mouvement plus vif, le tintement du grelot retentit dans la nuit, et tous, comme mus par d'invisibles ressorts, lutteurs et femelle s'élancèrent d'un élan si brusque et si impétueux qu'avant qu'il eût le temps de les voir disparaître Goupil, ahuri, restait seul dans la clairière déserte.

Alors le pauvre solitaire se mit à mordre, comme s'il était pris d'une irrésistible rage, le gazon de la clairière, et à hurler, à hurler désespérément en faisant sonner sans fin comme pour le rassasier ce grelot implacable, pendant que la lune en ricanant faisait tourner autour de lui l'ombre des arbres et que les oiseaux de nuit, attirés par ce bruit insolite, nouaient et dénouaient au-dessus de sa tête leurs cercles énigmatiques et sinistrement silencieux.

Le jour suivant le surprit ainsi et avec les dangers qu'il portait en lui le rappela au sentiment de la conservation. Repris par le goût de la vie comme un convalescent après une crise terrible, il sentit peser sur lui tous les problèmes de l'existence, et pour les solutionner à leur heure commença par se dissimuler dans un massif au centre du bois, où il dormit de ce demi-sommeil qui caractérise les traqués et les inquiets.

Et de longs jours ce fut ainsi. La vie de la forêt si adéquate à ses instincts lui sourit de nouveau ; il se refit presque, grâce au souci de la pâtée quotidienne, une âme de coureur des bois, se contentant, jouissance douloureuse, amère volupté, d'écouter au loin, comme le chant de fête d'un paradis perdu, la vie de ceux de sa race que des chasses nocturnes lui rappelaient souventes fois.

Les lourdes chaleurs du mois d'août le faisaient, au crépuscule, gagner les prairies voisines des chemins, où il était certain de rencontrer, cherchant hors de la terre un remède à la chaleur qui les étouffait, les taupes aux yeux clos, errant à travers les andains fraîchement coupés des regains et vouées à la mort par le seul fait d'avoir abandonné le carrefour originel sous la taupinée desséchée.

C'était là pour Renard une ressource assurée, car lors même qu'il ne les eût pas trouvées vivantes encore, errant misérablement sous le double poids de leur infirmité et du malaise qui les chassait de la fournaise surchauffée de la glèbe, il savait qu'il les retrouverait certainement mortes au long des chemins, car celles qui sortent ainsi de leurs galeries n'y rentrent jamais et périssent presque toutes au hasard de leur première et dernière errance.

Puis l'automne traîna avec son abondance de fruits qui lui aurait fait une vie particulièrement paisible si les meutes coupant en tous sens son domaine de leurs musiques enragées ne lui avaient trop vivement rappelé Lisée et Miraut, et sa captivité et son isolement.

Rendu plus prudent encore qu'à l'ordinaire, il ne se terrait plus maintenant dans un terrier à double issue qu'après avoir, par de savants entrelacs, dévoyé de sa piste le flair des plus redoutables limiers.

La vie cependant lui semblait facile, et le vieil écumeur ne pensait point à l'hiver approchant que les migrations précoces de ramiers et de geais, en même temps que la soudaine poussée de sa toison, annonçaient prochain et rigoureux.

VIII

Brusquement, sans transition, comme il arrive dans les montagnes, après les bruines froides de fin d'octobre et les premiers beaux jours de novembre qui dévêtirent la forêt de ses feuilles roussies, il vint. Quelques baies rouges luisaient encore aux églantiers des haies, quelques balles violettes de prunelles à la peau ridée par le premier gel pendaient encore aux épines, la queue aux trois quarts coupée par les implacables ciseaux de la gelée ; puis un beau matin que le vent semblait s'être assoupi, traîtreusement la neige tomba, molle, douce, sans bruit, sans secousse, avec la persistance tranquille du bon ouvrier que rien ne rebute, que rien ne hâte et qui sait bien qu'il a le temps.

Elle tomba deux jours et deux nuits sans discontinuer, nivelant les hauteurs, comblant les vallons, aplanissant tout sous son enveloppe friable que rien ne soulevait. Et pendant tout le temps qu'elle tomba toutes les bêtes des bois et tous les oiseaux sédentaires ne bougèrent point du refuge soigneusement choisi qu'ils avaient élu.

Goupil (il fuyait maintenant les cavernes), tapi sous les branches basses d'un massif de noisetiers, s'était, comme les autres, laissé ensevelir sous le suaire qui se tissait, et, moulant ses formes ramassées, lui bâtissait une cabane étroite, une prison délicate et fragile, dont il saurait, le moment venu, briser la cloison friable. Dans cette prison il avait chaud, car sa toison était épaisse et la voûte de neige épousant le cintre de son échine le protégeait totalement des froids du dehors.

Lorsqu'il présuma que la tourmente était apaisée, il s'ouvrit vers le midi une étroite sortie, et, ménageant avec soin le terrier de neige que Nature avait confectionné à sa taille, partit en quête de la nourriture quotidienne.

Les mauvais jours étaient revenus, Goupil le sentait bien et d'autant plus que la tare du grelot qu'il était condamné à faire tinter à chaque pas le mettait pour toutes les chasses, et surtout pour la chasse au lièvre, dans un réel état d'infériorité.

Il savait bien qu'un lièvre déboulant devant lui deviendrait irrémédiablement sien, car lorsque la neige est molle, les malheureux oreillards sont impuissants à lutter de vitesse avec les renards et les chiens. Mais ils n'ignorent rien de cette infériorité ; aussi dès qu'un bruit inaccoutumé de grelot ou de pas se fait entendre, ils ont la sage précaution de gagner au pied une avance remarquable. Renard leur était donc plus que suspect.

Alors reprirent les pérégrinations sans fin, les longs déterrages sous les pommiers des bois, les patientes glanes aux buissons secoués de leur neige qui n'arrivaient qu'à sustenter à demi son estomac trop souvent vide.

Il connut de nouveau les jours sans pitance, les longues stations aux lieux de sortie des lièvres et les guets prudents aux abords du village ou des fermes dans l'espoir vague de s'emparer d'une volaille ou d'étrangler un chat.

Et cela dura ainsi jusqu'aux premiers jours de décembre.

Mais à ce moment le froid redoubla : des bises cinglantes se mirent à souffler ; la neige, divisée par la gelée en infimes paillettes de cristal, pénétrait tout, comblant les plus profondes vallées, s'infiltrant sous les abris les plus épais et formant de véritables dunes blanches, des « menées » qui se déplaçaient rapidement sous l'effort du vent.

Son terrier cependant restait indemne ; il s'était même consolidé et il y était plus à l'aise, car la chaleur de son corps avait fait fondre alentour de lui une légère couche de neige, qui, par la gelée, s'étant solidifiée, formait comme une croûte plus dure, une voûte de glace supportant facilement le poids d'ailleurs variable de la neige qui passait sur lui.

Tous les buissons avaient été soigneusement glanés ;

les oiseaux rôdaient autour des villages, les lièvres étaient insaisissables. Rien, rien, plus rien, et Renard, pensif, se ressouvenant de la vieille aventure, hésitait à la tenter de nouveau et à vouloir surprendre, à la faveur de son grelot, la confiance des animaux domestiques.

Mais il y vint fatalement. Insensiblement, chaque nuit, il se rapprocha des habitations, éloignant même les autres renards qui, affamés eux aussi, y rôdaient déjà et n'avaient pas comme lui attendu que la faim les eût acculés à la dernière limite pour venir y traquer une aléatoire pâture.

Mais pas un animal ne songeait à quitter la chaude litière de l'étable ni le coin du feu où, sur la dalle ou la planche chaude, les chats frileux se pelotonnaient quand ils ne guettaient pas aux tas de bottes de la grange ou aux trous des boiseries des chambres les souris maigres au museau inquiet qui, affamées aussi, avaient toutes réintégré les maisons.

De temps à autre l'aboi furieux d'un chien de chasse l'avertissait qu'il était venu trop près, qu'il était éventé et que le temps était venu pour lui de détaler au plus vite. Jamais il ne rapporta rien de ces expéditions nocturnes. La traditionnelle charogne, qui tentait jadis les ventres affamés et à laquelle on pouvait, à la rigueur, après de longues stations, arracher furtivement un morceau et s'enfuir, n'était pas apparue ; les bêtes du village s'entêtaient à ne pas périr. Goupil rôdait quand même au large des maisons : cependant il évitait avec soin celle de Lisée, et, malgré le désarroi de son cerveau, malgré son ventre vide, il s'enfuit plus vite la nuit où il entendit la voix de Miraut répondre au jappement d'un de ses compagnons de chasse qui lui signalait à sa façon la présence de l'habitant des bois.

Mais Renard ne mangeait toujours rien, et les jours passaient et le froid ne passait pas, et une faim plus féroce minait et dévorait les hôtes de la forêt.

Et lui, maintenant efflanqué, spectre épuisé, plus minable encore qu'après les jours d'emprisonnement de jadis, n'était plus qu'une pauvre loque de bête, travaillée par la fièvre, ballottant entre la mort et la folie, qui, ayant pris l'habitude de venir rôder autour du village, y revenait invinciblement, à heure fixe, sans savoir pourquoi, n'évitant plus les chiens, n'évitant même pas la maison de Lisée, sans espoir de trouver à manger, sans même chercher, tué par le grelot qui sonnait à son cou et mûr pour la dernière et suprême épreuve.

XI

Cette journée du vingt-quatre décembre avait été comme un long crépuscule. Le soleil ne s'était pas montré ; à peine si vers midi de longues lames livides au-dessus de l'horizon avaient dénoncé son passage derrière les nues couleur d'encre, tendant leur dais sinistre sur la campagne muette et morne.

Quelques croassements lugubres de corbeaux en détresse, quelques jacassements de pie en quête des dernières baies rouges des sorbiers avaient par intervalles comme barbouillé ce silence, et ç'avait été tout.

Le village engourdi, sur lequel semblaient peser comme un couvercle de tristesse les fumées immobiles, haleines fiévreuses des chaumières, avait seulement donné d'autres signes de vie à l'aube et au crépuscule, lorsque les portes des étables vomirent aux heures coutumières les bêtes ivres d'énergies croupissantes, meuglant et ruant vers l'abreuvoir.

Et pourtant dans ce village tout veillait, tout vivait : c'était veille de fête. Dans les vieilles cuisines romanes, où le pilier rustique et les pleins cintres enfumés soutenaient deux pans de l'immense « tuyé » où l'on séchait les bandes de lard et les jambons à la fumée aromatique des branchages de genévrier, il y avait un remue-ménage inaccoutumé.

Pour le réveillon du soir et la fête du lendemain, les ménagères avaient pétri et cuit une double fournée de pain et de gâteaux dont le parfum chaud embaumait encore toute la maison. Oubliant les jeux et les querelles, les enfants, avec des exclamations joyeuses, avaient suivi tous les préparatifs et dénombré bruyamment ces bonnes choses, attendant impatiemment l'instant désiré d'en jouir : les pruneaux séchés au four sur des claies après la cuisson du pain, des meringues saupoudrées de bonbonnets multicolores et des pommes remontées de la cave répandant une subtile odeur d'éther.

Le souper avait été copieux, plein d'animation, et selon la coutume aux heures de matines, les falots jaunes dansant dans la nuit avaient mené vers l'église et ramené vers le logis, dans la chambre du poêle bien chaude, pour le réveillon désiré, la joyeuse maisonnée tout entière.

On avait mangé, on avait bu, on avait chanté, on avait ri, et la grand-mère, comme de coutume, avait commencé de sa voix chevrotante, un peu mystérieuse et lointaine, le conte traditionnel :

« C'était il y a des temps, des temps, par un minuit passé, un soir de matines, quand la terre que nous labourons maintenant était encore toute aux seigneurs et que les grands-pères de nos grands-pères leur obéissaient.

» L'heure de l'office allait venir, quand, dans le château dont vous connaissez les ruines, un homme que nul n'avait jamais vu s'en vint trouver le comte. Des sangliers, lui dit-il, étaient réunis au fond de la combe aux loups et par le beau clair de lune qu'il faisait on pouvait aisément leur donner la chasse. Aussitôt, chasseur enragé, oublieux de ses devoirs, le comte fit seller des chevaux pour lui et ses valets et amener les chiens. Mais sa pieuse dame tant pleura et le supplia qu'il consentit enfin, quand la cloche sonna pour le divin office, à prendre à l'église sa place sur le fauteuil rouge, sous le baldaquin doré qui lui était réservé.

» Les chants avaient commencé déjà, mais un pli de regret barrait le front du seigneur, quand le mystérieux inconnu, entrant dans l'église sans se signer, vint de nouveau trouver le comte et lui parla bas à l'oreille.

» Le malheureux ne résista plus et, malgré les regards suppliants de sa dame, il partit suivi de ses valets. Bientôt on perçut au loin les abois de la meute, et pendant toute la durée de la messe on entendit comme un blasphème la chasse hurlante qui tournait dans la campagne. Et tous avaient des larmes dans les yeux et priaient avec ferveur. Cela dura toute la nuit, puis soudain la chasse se tut. Mais le seigneur ne reparut point au château ; il disparut avec sa meute infernale et ses valets serviles et il expie durement en enfer ce sacrilège pour lequel Dieu l'a condamné tous les cent ans à revenir la nuit de Noël chasser avec ses chiens à travers la nuit. La malheureuse comtesse mourut dans un couvent ; quant à l'inconnu qui avait entraîné son époux, personne ne le revit jamais non plus et chacun pensa bien que c'était le diable.

» Notre mère n'a pas entendu la chasse, mais sa grand-mère l'entendit : comme ce soir, par un sombre minuit, c'était... »

Au même instant, un hurlement lugubre, un hurlement de mort, tragiquement long, passa comme une traînée d'horreur sur le village, et à ce signal magique, tous les chiens aussitôt, tous ceux du village et des fermes, répondirent par un hurlement lugubre et prolongé. Le bruit enflait comme une menace et mourait comme un sanglot. Fini, il recommençait ou plutôt il ne finissait pas, il baissait en modulations angoissantes et se prolongeait terrible, selon le rythme de sa monotonie désespérée.

— Prions, mes enfants, fit l'aïeule, prions pour l'âme du comte.

Chacun veilla dans le village. Les hommes avaient décroché du clou où il était suspendu le vieux fusil dont ils vérifiaient soigneusement les amorces, et sur leurs faciès interloqués où déjà le scepticisme du siècle avait peut-être posé son sceau, le signe des vieilles terreurs superstitieuses remontait comme une écume.

Les femmes et les enfants sans rien dire entouraient le foyer, cherchant dans la clarté et la chaleur une protection contre le danger inconnu dont ils se croyaient menacés. Mais plus que personne dans le village, Lisée, cette nuit-là, connut les affres de la peur.

C'était devant la porte du vieux braconnier, qui ne craignait ni dieu ni diable, qu'avait commencé le premier hurlement. C'était de là-devant que le maître sinistre de ce grand drame mystérieux commandait à la meute invisible. Et il avait poussé contre la porte un énorme dressoir de chêne derrière lequel Miraut, la queue entre les jambes, le poil hérissé, hurlait désespérément. Toute la nuit, le fusil chargé de chevrotines à la main, prêt à faire feu, Lisée veilla. Une heure avant l'aube la chasse lugubre se tut.

Rassuré par le jour et par le silence, le braconnier retira lentement et sans bruit le lourd bahut qui barricadait son entrée et, prudemment, entrouvrit la porte.

Les yeux hagards, les pattes raidies par la mort et gelées par le froid, la peau à demi pelée, dans l'attitude d'un chat qui se ramasse pour bondir, Goupil, efflanqué, squelettique, était là devant lui, mort avec le grelot fatal au cou.

Miraut le vint flairer avec crainte et s'en écarta avec un froncement de mufle.

Le cerveau bourdonnant, les jambes molles, Lisée rentra chez lui, prit une pioche et un sac dans lequel il glissa le corps raidi de sa malheureuse victime et, suivi de son chien, partit vers la forêt.

Il y creusa sous la neige un trou profond dans lequel il ensevelit le corps de Renard, qu'il reboucha soigneusement.

Et il s'en retourna le dos ployé, les yeux vagues et pleins de terreur vers sa maison, tandis que Miraut, qui n'avait pas les sujets de grave préoccupation de son maître, levait, avant de le rejoindre, une patte irrévérencieuse et philosophique contre le tertre gris de neige et de terre sous lequel Goupil dormait son dernier sommeil.

Le viol souterrain

Sous le dôme central aux sept arbres de terre de la taupinée, Nyctalette s'éveillait du long sommeil hiémal consécutif à une interminable errance par la solitude froide de ses galeries.

Une tiédeur caressait sa peau, la glaise était plus molle, et la joie nerveuse qui secouait de sa demi-léthargie son corps amaigri lui disait que la vie normale, longtemps interrompue, allait reprendre avec cette chaleur.

Depuis longtemps elle explorait en vain les longs corridors de son terrain de chasse pour n'y rencontrer que trop rarement la proie convoitée et facile : insecte ou ver dévoré sur place, ou l'adversaire puissant contre lequel il fallait combattre pour jouir en paix d'une profitable victoire.

Sa dernière grande lutte s'abolissait presque dans son souvenir : une bête longue, longue (un serpent), fuyait en sifflant dans ses galeries et elle avait dans cet espace resserré atteint facilement le reptile qui ne pouvait progresser bien vite. Elle l'avait arrêté par la queue et remontant une froide et interminable échine, avant que l'autre eût le temps de se retourner, de ses pattes de devant, puissamment armées, elle en avait fait deux tronçons inégaux, malgré les contorsions violentes du corps se tordant comme un fouet.

Les dépouilles opimes, une chair délicate et graisseuse, la nourrirent longtemps ; puis de longs sommeils suivirent ; de petits insectes en fuite devant le froid, des grenouilles, des rats lui servirent ensuite de pâture, puis rien.

Alors les sommeils devinrent plus longs, les chasses interminables, et, dans les couloirs où des éboulis se produisaient, la petite taupe, devant l'inutilité de l'effort, ne songeait plus lorsqu'elle passait à transporter à la galerie centrale la terre qui encombrait ses chemins.

Mais maintenant que la jeune tiédeur lustrait le velours de sa peau, Nyctalette sentait courir autour d'elle ce frisson vague de l'obscur travail des transformations chimiques, de l'aspiration des racines et des sèves en marche.

La réparation de ses couloirs sollicitait son activité réveillée. D'en haut, comme des cordages verticalement tendus, de longues racines blanches pendaient, d'autres jaillissaient d'en bas, chaque jour il en poussait de nouvelles, et, comme un bon ouvrier, comme un garde-forestier qui, le printemps venu, élague avec soin les tranchées de sa forêt, elle passait chaque jour pour rompre de ses pattes de devant, aux scies redoutables, ce lacis blanchâtre de racines envahissantes.

La tiédeur de sa demeure augmentait par degrés, et de plus en plus Nyctalette sentait courir autour d'elle les aspirations de la vie, le flux enivrant des sèves brutes dont les capiteuses émanations montaient en elle comme un jeune vin, provoquant des saouleries lourdes plus accablantes cent fois que celles qui font bramer d'amour, aux jours de printemps, les cerfs ivres de la tendre pousse des jeunes bourgeons.

Les insectes réapparaissaient ; les vers, descendus au plus profond de la couche végétale, remontant vers la verdure pressentie, s'égaraient dans ses corridors, et Nyctalette, pour se dédommager des longues privations de l'hiver, dévorait tout ce qu'elle rencontrait au hasard de ses promenades.

C'étaient maintenant de plantureux festins, de multiples collations, qui lui faisaient récupérer les forces perdues, enrichissaient subitement son organisme, et dont l'influence, combinée au trouble grisant des sèves montantes, concourait à mettre tout son être dans l'état d'exaltation fébrile, précurseur de toutes les grandes crises de la vie animale.

Son temps se comptait par chasses et par sommeils, et chaque réveil la retrouvait plus agitée encore qu'au réveil précédent.

Ce jour-là, au cours de sa chasse, elle avait soigneusement tranché, au ras de la voûte circulaire de ses corridors, les racines tenaces des chiendents ; elle rentra dans la galerie centrale, et, sur la terre battue, au centre des colonnes de glaise, comme sous un dais, elle se laissa aller à ce demi-sommeil des bêtes que traque une crainte imprécise ou qu'un instinct fatal, un besoin insatisfait travaillent obscurément.

Elle dort. Ses flancs à la peau veloutée se soulèvent avec violence. Quel cauchemar de bête étreint en ce moment sa petite cervelle ? L'eau d'une inondation glougloute-t-elle aux corridors et va-t-elle envahir la galerie où elle repose ? Au cours de quelle lutte géante avec un grand serpent, qui siffle vers sa trompe, son énergie flageolante la livre-t-elle à son ennemi ?

Non, c'est un bruit, un bruit souterrain, un grattement sourd, presque imperceptible, qui, comme un gong d'un alliage étrange, enfle dans son cerveau un souvenir terrible et fait sursauter en elle une horde assoupie de vieilles terreurs. Frémissante, elle se dresse.

Et comme dans la mine envahie par l'eau le cri d'alarme fait se ruer vers le salut en indescriptible cohue les ouvriers affolés, en son être inquiet, plein de souvenirs latents et de vies inconscientes, la perception aiguë du danger : le mâle ! la traversant comme un « sauve qui peut » fait de toutes parts refluer vers son cerveau toutes les énergies désordonnées dans la rafale du frisson. Le mâle !

Le mâle dont le baiser est une blessure, dont l'étreinte est une torture, dont l'attente est une angoisse ! Le mâle qui viole comme l'assassin tue, le mâle qu'elle a déjà subi et qu'il faut fuir, fuir comme la mort.

Elle écoute. C'est lui, pas de doute ; c'est bien le bruit de ses pattes qui fouillent, qui creusent, qui approchent.

C'est le mâle ou les mâles, car, plus loin, peut-être, dans des épaisseurs où ses sens n'atteignent pas, d'autres encore sont en marche vers elle dont il faudra subir le contact dans la douleur horrible de l'étreinte nuptiale.

Fuir ! fuir ! Mais où ? La lumière, c'est la mort. La petite taupe se souvient qu'un soir d'antan, abandonnant la fournaise ardente de ses corridors, elle a voulu monter parmi la fraîcheur odorante des andains mouillés de rosée chercher un remède à sa souffrance.

Au bord du couloir tortueux, quand l'infini du soir tombant, avec son immense soleil rouge, a surgi devant elle, ses pauvres yeux si faibles, brûlés par la lumière, se sont fermés avec violence, et elle est restée là, à demi morte, entièrement aveugle, le temps d'une longue chasse.

Quand l'obscurité, comme un baume, eut humecté ses yeux de ténèbre et qu'elle put regagner sa demeure souterraine, elle se promit bien de ne plus jamais s'aventurer par-delà son monde, dans ces régions éblouissantes et terribles d'où, comme des menaces, des cordes blanchâtres descendent sans cesse pour bouleverser la savante ordonnance de ses cantons de chasse.

Mais l'ennemi est là qui approche. Le bruit s'accentue ! Fuir ! fuir !

Et, avec une hâte fébrile, elle creuse, elle aussi, un couloir nouveau, tortueux, sournois, enchevêtré, avec des culs-de-sac multiples. Il faut un labyrinthe inextricable où il s'égare ! Oh ! le pouvoir bloquer dans une prison entre des pierres ! Et les pattes de devant fouissent, creusent, battent ; celles de derrière rejettent la terre ; la petite trompe mobile frémit de fièvre et de peur. Le boyau s'allonge. Mais lui ! Où en est-il ?

A la galerie centrale elle revient et écoute. Il approche. La cloison de terre vibre ; quelque chose a crissé aigument.

Une pierre barre son chemin. S'il s'était brisé les griffes ! Un silence ! Mais non, il reprend son travail, il tourne la pierre, il viendra, il va arriver.

Et, hypnotisée par le bruit, Nyctalette reste là, stupide, écoutant. Par quel couloir fuir ! La cloison de glaise vibre plus fort ; elle frémit ; des miettes de terre se détachent comme si un bélier heurtait la paroi, et tout d'un coup, dans un éboulis dernier, la trompe terreuse, le poil sale, l'ennemi surgit dans la place tandis que Nyctalette, emportée par l'instinct, s'élance par le premier couloir venu et disparaît dans la ténèbre.

Ahuri un instant, il reste là, immobile, et, par un sentiment de coquetterie nuptiale, se secoue pour se débarrasser des miettes de terre qui le souillent.

Alors il écoute, et de sa trompe, sale encore et frémissante de désir, il flaire l'entrée des corridors ; puis, avec un cri de victoire, un cri rauque et aigu comme d'un petit oiseau qu'on étrangle, il s'élance derrière la femelle qui, par le dédale sinistre des couloirs, passe et vole d'une vitesse désespérée.

Mais il la suit, rivé aux pas de la fuyarde dont l'odeur sexuelle excite son énergie et cingle son désir.

Dix fois déjà ils ont passé dans la chambre centrale, sous le dôme de glaise aux piliers ébréchés par les heurts de cette course à l'amour et à la torture.

Nyctalette ne se sent plus, ne voit plus ; elle entend tout proches derrière elle les cris du bourreau qui l'appelle et sent frémir sous elle ses pauvres petites pattes lasses.

Il est là. Il approche. Elle sent le vent de son corps lancé à sa poursuite. Il est derrière elle ; il va l'atteindre ! Oh ! lui tenir tête et résister. Elle arrive à la galerie et se retourne vivement pour opposer à l'ennemi la herse de ses pattes armées. Un choc violent. Un pilier de terre s'écroule, et Nyctalette, qui l'a heurté en se retournant, roule aussi parmi l'avalanche des mottelettes.

En un bond il est sur elle ; il la tient ; il lui serre entre ses petites dents la peau du cou moite de sueur, et tandis qu'elle jette aux sombres échos des souterrains des appels désespérés, un sexe barbelé, comme une épée de feu, lui perfore les flancs pour le viol, le viol éternel et sombre que toutes les Nyctalettes subissent quand les sèves montantes ont enfiévré dans leurs veines le sang ardent des mâles féroces aux sexes cruels, par qui se perpétue l'œuvre auguste des maternités douloureuses.

L'horrible délivrance

La ténèbre était opaque. Rien ne troublait le bourdonnement du dégel. Un soudain déclic de métal faucha comme un andain de silence, et un hurlement qui ne tenait plus de la vie sembla jaillir du néant et déborder dans l'espace comme une cataracte d'horreur crevant les vannes de la nuit... La bête était prise...

Née d'amours fugitives à l'avant-dernier printemps, Fuseline, la petite fouine à la robe gris-brun, au jabot de neige, était, ce jour-là, comme à l'ordinaire, venue de la lisière du bois de hêtres et de charmes où, dans la fourche par le temps creusée d'un vieux poirier moussu, elle avait pris ses quartiers d'hiver.

Depuis que la neige avait fait fuir au loin, en triangulaires caravanes, les migrateurs ailés, elle avait vu ses ressources baisser rapidement, et, pour apaiser sa soif inextinguible de sang, elle avait dû, comme ses sœurs en rapine, délaisser les taillis déserts et chercher vers le village la pâture de chaque jour.

Elle y venait tous les soirs, plus prudente ou moins

hardie que ses vieilles compagnes qui s'y étaient depuis longtemps arrangé des retraites dans les interstices caverneux des vieilles toitures d'aisseules.

Les temps étaient lointains maintenant où, avec la complicité de la lune rousse, elle grimpait aux petits chênes pour y surprendre, pendant leur sommeil, les merles nouveaux arrivés sur leur couvée d'oisillons : il ne restait plus au bois que quelques vieux sédentaires dont la méfiance, jamais démentie, défiait toute surprise.

Par un trou de carreau cassé, rustiquement rebouché de papier, par la chatière d'une porte ou l'évidement d'un mur bas à l'endroit où posent les poutres, elle était parvenue, certaine nuit, à couler dans la grange d'un fermier son corps vermiforme, et de là, tombant par les abat-foin dans le ratelier des vaches, à pénétrer dans l'étable chaude où logeaient les poules.

Alors elle avait bondi, légère, sur le perchoir où elles s'alignaient juchées sur leurs pattes repliées et les avait saignées jusqu'à la dernière.

Elle tranchait d'un coup de dent, près de l'oreille, la carotide, et pendant que coulait le sang chaud qu'elle suçait voluptueusement, elle maintenait sous ses griffes aiguës comme celles d'un chat la bestiole stupide qu'elle abandonnait tiède, vidée, flasque, dans les derniers sursauts de l'agonie.

Comme l'ivrogne, dédaignant la chair après la beuverie sanglante, ivre-folle de joie, le jabot maculé, la robe poisseuse, le corps gonflé, elle était retournée à son bois, insoucieuse des empreintes dénonciatrices de ses pattes.

Que s'était-il passé dans le laps de temps, court pourtant, durant lequel elle avait cuvé le sang de sa ripaille !

Maintenant les maisons s'étaient toutes refermées comme des citadelles, derrière les murs desquelles grognaient les rudes molosses aux crocs puissants ou bien veillaient, par les nuits de lune, les hommes surgissant géants des embrasures d'ombre pour jeter dans le silence, avec un bref éclair rouge, l'éclatant tonnerre d'un coup de fusil qui faisait battre en retraite, au large, tous les rôdeurs à quatre pattes que la faim avait conduits vers le village.

Les chasses nocturnes se passaient en infructueuses et monotones errances le long des murs des jardins, aux trous des haies des vergers, aux versants des toitures de bois.

Depuis combien de jours durait cette vie de misère ? Mais, cette nuit-là, à la pâle clarté d'une étoile coulant à travers deux nuages comme un rayon de lumière filtré du seuil d'une chaumière aérienne, elle s'était rendue à l'irrésistible invite d'une brèche de mur ; elle avait longé un fouillis desséché de perches à ramer les pois qui rayaient la neige d'une ligne grise, et tout au bout, comme si ces branchages à demi pourris eussent été un providentiel index, elle avait trouvé là, presque confondu à la blancheur de la neige, un gros œuf frais pondu qu'elle avait avidement gobé... Le lendemain elle en trouva un semblable et ainsi plusieurs soirs consécutifs, car chaque nuit maintenant elle revenait là quérir son unique pâture. Le reste de la nuit s'achevait en infructueuses recherches, et toujours l'aube tardive de ces matins d'hiver la retrouvait, agile et prudente, tapie dans la fourche caverneuse de sa demeure sylvestre.

Le soir était revenu, un soir de dégel au ciel livide chargé de gros nuages : des paquets de neige saturés d'eau s'égouttaient des grands arbres comme le linge d'une immense lessive, ou s'abîmaient sur le sol avec le bruit gras de poches qui crèvent en tombant ; des filets d'eau susurraient de partout ; la terre semblait couvée par une grande aile mystérieuse faite de tiédeurs et de bruissements, et il planait sur tout ceci l'angoisse d'une genèse ou d'une agonie.

A la lucarne grise de la caverne, le petit jabot blanc avait surgi comme une motte de neige silencieusement tombée d'un rameau supérieur, et, se mouvant lentement, Fuseline était descendue à terre.

Vite, vite, car le jour a été long et son estomac est vide, elle suit le chemin coutumier qui l'amène chaque soir : le bout pointu de ses pattes courbes, aux attaches puissantes, frôle à peine la boue grise de neige et de terre détrempée ; sa longue queue touffue se balance légère : elle coupe les sentiers silencieux qui font des barres plus sombres dans la nuit neigeuse ; elle longe les murs d'enclos aux pierres rudes et les haies noires aux chapiteaux blanchâtres, croulants, géantes clepsydres d'où la saison mourante semble s'égoutter ; le sang de l'espoir bat plus fort aux veines de la bête et son désir grandit de la pâture prochaine.

Voici la brèche du mur et les rameaux pourris contre lesquels, comme par mégarde, on a déposé de grosses poutres qui font un unique passage, un étroit canal pour arriver à l'œuf dont la blancheur, ce soir, se détache sur la terre dévêtue de la neige des jours précédents. Elle le voit, elle est sûre de son repas et quelque chose en elle bat plus vite et plus fort. Encore quelques sauts et elle brisera la coquille fragile ; allons ! Et elle s'élance quand, brutalement, les bras impétueux d'un piège, fermant violemment leur étreinte, ont happé dans leur choc terrible la petite patte aventureuse, et la tiennent prisonnière dans leur formidable étau.

Dans la douleur sans nom de la capture, son cri a jailli, mordant la nuit calme de son épouvantement, tandis qu'à ses côtés d'insidieux frôlements, des chocs brusques, des crépitements de bois dénoncent la retraite précipitée des bêtes sauvages rôdant aux alentours.

La douleur horrible de la patte brisée, des chairs mordues, de la peau déchirée l'a raidie toute dans une convulsion de désespoir pour échapper à cette étreinte. Mais que peut la plus sauvage contraction des muscles contre la poigne implacable des ressorts d'acier !

En vain elle veut les mordre ; mais ses dents reculent devant le froid du métal impitoyable qui les briserait, et comme tout effort violent qui se perd, la douleur qui l'a suscité s'évade en gémissements.

Au loin retentit un coup de feu ; alors elle comprend le piège : l'homme va venir l'achever, et elle ne pourra ni fuir ni se défendre. Et dans la douleur de l'étreinte qui la mord et l'affolement du danger, elle se secoue et se tord dans des convulsions de désespoir.

Le piège reste là, fixé au sol, immobile ; la petite tête se rejette en arrière dans le roidissement de la patte valide qui piétine le sol avec rage, tandis que celles de derrière s'arc-boutent comme des ressorts.

Les reins bandés tirent en arrière, de côté, en avant ; rien ne cède ! rien ne bouge ! une chaîne énorme maintient à un anneau du mur la mâchoire du piège dont les dents de fer font dans sa chair d'horribles morsures, des gouttes de sang s'écoulent qu'elle lèche lentement. Puis, comme si elle abandonnait la lutte après la fatigue de l'effort convulsif, tantôt elle semble se résigner, s'oublier, s'endormir de douleur ou de lassitude, tantôt elle se redresse palpitante d'une vie formidable, vibrant, bondissant, hurlant tout entière pour rompre ou desserrer l'étreinte qui la maintient.

Mais c'est en vain, et le temps fuit, et l'homme peut venir. Bientôt, là-bas, derrière l'épaule chenue du mont neigeux, l'aube va crever : un coq voisin l'annonce par un coquerico métallique qui réveille les bœufs dont sonnent les chaînes dans le silence de la nuit.

Il faut fuir, fuir à tout prix. Et dans une secousse

plus violente les os des pattes ont craqué sous la morsure de l'acier. Un effort encore : elle se jette toute de côté, et voici que comme des lances les pointes des os brisés percent sa peau, le moignon qui tient à son poitrail est presque libre. Toute son énergie se condense sur ce but ; ses yeux injectés de sang flamboient comme des rubis, sa gueule écume, son poil est hérissé et sale ; mais les chairs et la peau la tiennent encore comme des cordes qui la lient au piège assassin ; le danger grandit, les coqs se répondent, l'homme va paraître.

Alors, au paroxysme de la douleur et de la peur, frémissante sous la poigne formidable de l'instinct, elle se rue sur sa patte cassée et, à coups de dents précipités, hache, tranche, broie, scie la chair sanglante et pantelante. C'est fini ! Une fibre tient encore : une crispation de reins, un déclic de muscles, et elle se déchire comme un fil sanglant.

L'homme ne l'aura pas.

Et Fuseline, sans même regarder, dans un suprême adieu, son moignon effiloché et rouge qui reste là, planté, pour attester son invincible amour de l'espace et de la vie, ivre de souffrance, mais libre quand même, s'enfonça dans la brume.

La fin de Fuseline

Traînant son suaire jaunâtre et comme vieilli sur la grisaille morbide du paysage rustique, l'aube s'était levée, tel un spectre vengeur, ce jour d'hiver où Fuseline fuyant avait laissé sa patte fixée ainsi qu'une borne d'horreur entre les mains d'acier du piège tendu par l'homme.

Le long des haies larmoyantes, grises, sales comme d'immenses chrysalides qui se débarrassent petit à petit de leurs enveloppes, elle avait marché, elle avait couru, sans voir, sans savoir, d'une longue traite, jusqu'à l'épuisement.

Alors, sentant fléchir son courage et ses pattes se dérober, elle avait été comme dégrisée de sa souffrance par cette douche froide que l'idée de mort, brusquement surgie, versait brutalement sur sa conscience suspendue, en même temps qu'un raisonnement irréfragable et spontané lui criait avec la brutalité d'un ordre : « Si tu ne te reposes pas, tu vas mourir. »

Sur un tapis spongieux de feuilles à demi pourries,

dont il ne restait, comme un squelette, que la dentelle délicate des nervures jaunies, à travers l'armature du lacis (desserré, semblait-il, par la chute des feuilles) des buissons d'épines, elle s'était arrêtée, et là, après avoir longuement léché le sanglant moignon qui, comme une manche déchirée, pendait piteusement à son épaule, elle s'était orientée au plus vite pour regagner sans encombre sa cabane de bois.

Elle en était très proche, car, même dans le désarroi le plus grand qui puisse troubler la vie coutumière des animaux sauvages, il persiste presque toujours, au-dessus de la conscience engourdie, comme une direction providentielle qui les conduit, un subconscient conservateur qui veille sur leur vie.

Maintenant que la tranquillité de la retraite provisoire lui permettait de réfléchir, elle établissait son itinéraire pour, au moment propice, regagner la fourche hospitalière de son vieux poirier qui dressait là-bas, à la lisière de la forêt, ses longs bras aux manches de mousse parmi les nudités grêles des rameaux de hêtres et de charmes.

Comme si elle eût voulu récupérer un potentiel nécessaire d'énergie, laisser s'accumuler en elle une réserve suffisante de force, elle s'accroupit sur elle-même, se pelotonna en boule pour rendre à ses muscles épuisés, avec la chaleur que leur portait son sang généreux de jeune bête, la force indispensable pour assurer son salut.

Bientôt, prudente, rasant le sol, sa tête, fine comme

celle d'un serpent, se leva d'entre les brindilles craquantes, et, l'horizon exploré d'un coup d'œil, sondé d'un tour d'oreille, elle se coula, sous l'égide des haies, vers la forêt où se trouvait sa demeure.

Elle y fut bientôt, et telle était son énergie que, malgré sa patte tranchée, malgré le sang perdu, malgré la souffrance engourdissante, elle grimpa sans encombre à sa caverne aérienne où elle sembla s'engloutir comme dans le giron d'une mère ou la gueule ouverte d'un précipice.

Six jours durant elle y resta prostrée de souffrance, nourrie par la fièvre et léchant sa plaie ; puis un beau soir elle reparut amaigrie, les yeux brillants et douloureux, l'épaule pendante, lamentable, telle une estropiée qui présente son moignon pour apitoyer les choses et demander une aumône à la vie.

Rien ne la ramena plus vers le village où retournaient ses sœurs ; rien ne la décida à se rapprocher des habitations, rien, pas même le désir et la soif du sang, ne l'attira par la plaine où, maintenant, sur les prairies et les chaumes dévêtus de neige, parmi les pieds de chicorée s'étoilant et verdissant, les poules en liberté picoraient de menus vermisseaux et les petits cailloux qui devaient former la coquille de leurs œufs.

La forêt lui restait et lui suffisait ; elle y chercha sa vie quotidienne, et put, tant bien que mal, atteindre les jours de printemps, la poussée des feuilles et le retour des oiseaux qui lui promettait la plus abondante des pâtures.

Ces temps venaient.

Perchée dans son observatoire suspendu comme une sentinelle aux aguets de renouveau, elle les entendait maintenant revenir, les migrateurs, et passer sur sa forêt en grands froufrous d'ailes, en longue rumeur de marée montante, en tempête de cris d'appel, d'amour et d'espérance. Elle n'était pas inquiète de les voir disparaître au loin, car elle savait bien que ceux-là qui passaient les premiers, s'enfonçant vers le Nord, en amèneraient après eux une longue suite, qui, telle la traîne d'une immense robe ailée, s'éparpillerait sur la forêt et la vêtirait jusqu'en automne de la trame changeante et joyeuse de leurs amours et de leurs chants.

Son petit cœur battait puissamment de joie en évoquant, pour un proche avenir, les embuscades de feuilles où surprendre les merles, les assauts, au haut des fûts des foyards, des nids de grives et les rudes combats autour des nichées de corbeaux qui défendaient énergiquement, du pic solide de leur bec, leurs jeunes couvées.

Elles étaient encore rares les captures, et les longues stations s'achevaient souvent vaines ; mais un instinct tout-puissant la prenait à guetter les ébats amoureux des oiseaux de son bois, leurs poursuites, leurs querelles, leurs combats : c'était son avenir qui se préparait, de fabuleuses ripailles de sang sur un couvert de feuilles parmi la douceur des matins ou la tiédeur des vesprées printanières.

Les bourgeons s'épaississaient, se gonflaient ; bientôt des feuilles délicates et pâles s'en élanceraient victorieuses pour dérouler à la lumière leurs banderoles de fraîcheur et s'étaler ensuite en larges parasols vernis.

Ce serait le moment des nids : presque tous les buissons en recèleraient, les grands arbres en abriteraient eux aussi, et, selon le caprice de l'heure, elle pourrait composer son menu des grêles oisillons de la lisière ou des lourdes couvées de ramiers de la combe.

Maintenant, si durant le jour elle ne pouvait songer à les capturer, du moins presque chaque soir arrivait-elle à saigner un merle.

Dès que tombait le crépuscule, perchés sur les branches basses des arbres de la tranchée, ils commençaient, solitaires et défiants, un chant interrompu par de courts silences, un chant passionné, bruyant, têtu, varié à l'infini, comme pour forcer la venue du printemps ou que si chacun d'eux eût voulu éclipser son voisin et le contraindre au silence.

C'est alors qu'elle se glissait, lente et souple, sous les taillis et arrivait silencieuse au pied de l'arbre où s'égosillait le siffleur. Tant que chantait l'oiseau, saoul de sa propre voix, elle avançait, s'arrêtant quand il se taisait, grimpant sans bruit, redevenant immobile, abaissant, sur les rubis fulgurants de ses yeux, ses lourdes paupières hérissées de cils, puis reprenant quand il recommençait, se collant à la branche, faisant corps avec elle, impossible à distinguer de l'ambiance.

Quand elle se sentait assez proche, qu'elle avait sondé la distance, dosé son élan, elle se précipitait d'un bond sur la bestiole dont le chant s'étranglait entre ses griffes en piaillement lugubre qui faisait aussitôt retomber la forêt dans le lourd silence de la nuit.

Mais, pour cette chasse exigeant une souplesse particulière et une agilité peu commune, le moignon cicatrisé qui remplaçait sa patte était horriblement gênant. Sa marche en était moins rapide, son équilibre moins assuré, son élan moins énergique, et plusieurs fois déjà elle avait manqué sa proie qui s'était enfoncée à tire-d'aile dans la ténèbre épaississante, en poussant des sifflements aigus de peur disant assez à Fuseline qu'elle ne l'y reprendrait plus.

Mais lorsque les nids se bâtirent, ce fut pour elle de perpétuelles orgies entrecoupées de sommeils lourds comme des ivresses de vin dont elle se réveillait plus assoiffée encore, toujours folle de sang, toujours prête à saigner, dans la fourche d'une branche, une mère surprise à couver ses œufs ou à protéger ses oisillons.

Le soleil faisait craquer les derniers et tardifs bourgeons des chênes sous la pression chaude de ses rayons. Les verdures se nuançaient à l'infini.

C'était une symphonie de couleurs allant du cri violent des verts ardents et comme vernissés (réfléchissant le soleil sur les mille facettes de leurs miroirs comme pour jouer avec la plaine) aux pâleurs mièvres des rameaux inférieurs, dont les feuilles tendres, aux épidermes délicats et ténus, n'avaient pas encore reçu le baptême ardent de la pleine lumière, bu la lampée d'or des rayons chauds, car leur oblique courant n'avait pu combler jusqu'alors que les lisières privilégiées et les faîtes victorieux.

Mais ce jour-là une vie multiple et grouillante, végétale et animale, sourdait de partout, des crépitements des insectes et du chant des oiseaux à l'éclatement des bourgeons et au gonflement des rameaux, craquant dans l'air vibrant comme des muscles qui s'essaient.

C'était un de ces premiers jours où la forêt, comme une femme qui a longtemps résisté, se laisse enfin aller toute aux caresses de l'amant, où elle vit de toutes ses fibres, où elle chante de toutes ses sèves, où les grands baisers du soleil l'ont investie comme un amour victorieux et conquise et pénétrée toute, et où elle ne tend plus aux vivants, sous ses ombrages captieux, l'asile traître de son insidieuse fraîcheur.

Tout chantait en elle, mais sans rejaillir au-dehors, tout y vivait d'une vie chaude et contenue, comme concentrée...

C'était parmi cette joie plénière qui semblait l'épanouir que Fuseline, ce matin, visitait les nids de merles des coudriers et des petits chênes pour sa repue quotidienne.

A la fourche d'un arbre où trois branches de moyenne grosseur nouaient leurs fibres ligneuses, enfoncé à ras de son nid, aplati sur les frêles corps à peine duvetés et rougeâtres de ses petits, un merle frissonnait éperdument, les plumes ébouriffées, la tête molle, les yeux hagards.

Un vertige fantastique semblait le dominer, une peur indescriptible tourbillonnait dans ses yeux.

Loin, en haut, comme suspendu dans la lumière, un oiseau de proie, un grand rapace l'avait découvert et, les ailes agitées perpétuellement sans bouger de place, le cou tendu, la tête penchée, fascinait de ce mouvement vain et du regard hallucinant de ses yeux fixes cerclés d'or la malheureuse bestiole, incapable maintenant de fuir le nid où le sentiment maternel l'avait fait rester malgré le danger.

Au loin, dans un immense froufroutement d'ailes, un ample et frémissant pépiement, les autres oiseaux se rassemblaient pour, par leur nombre, leurs cris, leur influence réciproque, échapper à la fascination fatale et à l'assassinat infaillible auxquels sont voués les isolés. Des corbeaux se répondaient, et, encore hésitants, se désignaient l'ennemi, avec à la fois le désir et la crainte d'affronter des coups qui ne les menaçaient pas.

L'oiseau de proie, un grand busard d'une envergure fantastique, ne semblait y prendre garde, absorbé tout entier par sa proie.

Et, tout à coup, sentant le merle bien pris dans le réseau de sa puissance, il s'abattit comme une masse sur le nid.

Mais au moment où ses serres crochues, tendues en avant dans un geste assassin, allaient saisir l'oiseau, brusquement, semblant surgir des profondeurs mêmes de l'arbre, la tête menaçante de Fuseline se leva.

Un balancement d'ailes rejeta le rapace sur une branche de la fourche où l'y fixa une serre, tandis que l'autre se crispait dans le vide, et que, sur le cou tendu, la tête horizontale fixait férocement l'adversaire qui lui disputait son butin.

Sur la branche d'en face, le train de derrière en haut, la patte valide en bas, grasse et forte de ses festins répétés, les reins arqués en une courbe féline et puissante, le cou levé pour le défi, elle dressait en face du busard sa petite tête fine où brasillaient les diamants de ses yeux, sa tête plate de bête féroce montrant, dans la gueule ouverte pour mordre et pour saigner, la double rangée brillante et pointue de ses dents, immobile, les babines troussées, le nez froncé, les pointes des moustaches tendues en avant, terrible, dans la suprême intensité de sa colère et de sa haine.

Et les deux adversaires, face à face, se poussaient jusqu'à l'âme les lances violentes de leurs regards, tous deux fascinateurs et féroces. La lutte imminait, poignante, indécise encore, mais implacable et mortelle pour cette pâture jetée entre les deux, ce malheureux corps d'oiseau aux plumes ébouriffées d'un fiévreux et fantastique frisson, cette petite boule grise dont on ne voyait plus qu'un bec noir immobile, des yeux vagues et fous, et dont le cou semblait vouloir rentrer dans le corps pour échapper à la griffe qui l'étranglerait ou à la dent qui le saignerait ; pauvre loque vivante et souffrante dont sautait le cœur de violents battements qui faisaient pépier sous la frêle toiture de ses ailes les jeunes oisillons aveugles, inconscients du drame qui se déroulait au-dessus de leur tête.

Les regards des deux ennemis se froissaient comme des épées ; on eût dit qu'un lien invisible et tout-puissant les rivait l'un à l'autre et que ce lien, se contractant progressivement, bandait par degrés leurs muscles pour la lutte, le bond fatal où ils allaient se saisir de toutes leurs forces centuplées par la colère qui les animait.

Brusquement, comme si ses muscles fussent emplis de toute leur énergie batailleuse et résistante, d'un élan violent de ses reins et de ses jarrets, Fuseline sembla se décrocher de sa branche comme une flèche de haine et fonça sur le rapace.

L'élan fut irrésistible ; l'oiseau de proie reçut le choc en plein poitrail et chancela ; mais ses ailes fantastiques l'eurent redressé en une seconde, et avant même que son bec crochu eût lacéré dans ses cisailles cette chair frémissante, ses serres agrippantes saisissaient Fuseline par le râble et il s'enlevait dans l'espace, emportant la bête avec lui.

Le busard s'éleva obliquement, alourdi de sa capture, réservant sa vengeance pour plus tard, dans quelques instants, quand la fouine étourdie de cette course éperdue de vertige, chavirée dans la mer aérienne, ne songerait plus à résister à ses coups de bec.

Il se trompait. Fuseline avait bien, en s'élevant aux serres sanglantes du fauve, éprouvé le vertige de ceux qui ne se fient qu'à la terre et à leurs pattes ; son regard éperdu n'avait pu sonder l'abîme grandissant qui la séparait du monde, mais une colère frénétique l'avait saisie, et, plus puissante et plus souple que jamais, comme si les muscles de ses reins, forçant sans point d'appui les serres qui la tenaillaient, eussent progressé d'eux-mêmes, elle rapprochait progressivement du poitrail de l'oiseau sa gueule ardente et vorace.

D'un seul coup, dans un effort convulsif et désespéré, courbant les pattes du busard, elle avait atteint le corps et, tels des couteaux inarrachables, lui avait planté violemment dans les flancs les lames froides de ses dents.

Du geste d'un humain frappé à mort, le rapace jeta fébrilement en arrière sa tête douloureuse, tandis que, par la blessure ouverte, suintait le sang rouge, en rosée écarlate et chaude d'abord, puis en jets plus vifs et saccadés, s'abîmant en gouttes larges au fur et à mesure que progressait la morsure et que se trouait le cœur.

Alors, modifiant son vol et s'élevant tout droit, sans plus rien voir, dans un essor fou, l'oiseau monta, monta, Fuseline enfoncée dans son cœur comme une flèche de mort qu'il serrait de plus en plus furieusement dans les contractions frénétiques de son agonie.

Les serres convulsées, crispées sur les reins et le poitrail de la fouine, traversèrent la peau, les chairs, broyant sous leur étreinte les poumons, le cœur, tous les viscères qui saignèrent, se triturèrent comme une pâte de chair vivante et fumante, tandis qu'implacable, rivée sur sa vengeance elle aussi, la tête de Fuseline creusait encore plus avant un trou plus rouge dans le flanc de l'oiseau.

Ils montèrent fous dans le soleil, en une ascension éperdue, jusqu'à ce que, tout d'un coup, vidé, ployant sur ses ailes flasques, le grand oiseau chavirât sur l'abîme, et, dans les derniers sursauts de l'agonie, étreignant encore entre ses serres rigides le corps de sa victime, les deux cadavres s'abîmèrent dans le vide.

La conspiration du murger

A Charles Callet.

Pour les sombres luzernes et les sainfoins odorants, Roussard, le lièvre roux du bois de Valrimont, se rendant à l'invite de la sécurité crépusculaire, allait quitter le fourré de ronces de la Combe aux Mûres, où il s'était gîté par une aube de juin.

Il y avait dormi les yeux ouverts, comme s'il eût craint que ses oreilles mobiles de vieux chemineau forestier ne pussent suffire à explorer les bruits de la campagne ; et le décor du sous-bois, changeant avec la lumière que secouaient les frondaisons, favorisait dans ses somnolences les cauchemars quotidiens qui trouaient son repos d'épouvantes tragiques.

Sans que rien de tangible eût pu faire soupçonner chez lui un changement si rapide, Roussard, ayant pris conscience de sa situation, s'assura de la sécurité extérieure en dirigeant successivement vers les quatre coins de l'horizon les pointes blanches de ses oreilles rousses, comme un guerrier qui essaie son arme avant la bataille, ou simplement comme un voyageur qui, avant de partir, vérifie la stabilité de sa coiffure.

Puis ses pattes de derrière, longues et solides comme deux ressorts d'acier, élevèrent son gentil cul blanc à la hauteur de ses oreilles et le projetèrent, d'une détente sèche, à quelques pas du fourré de ronces affectionné qu'une vieille expérience, et non la mobilité frivole du caprice, lui avait fait choisir pour sa couchette d'un jour.

Roussard, l'ermite solitaire, l'usufruitier de la Combe aux Mûres, était le seul maître de ce canton de bois et reconnu comme tel par tous les autres lièvres, car, depuis des lunes et des lunes qu'il avait, une nuit d'automne, trouvé la combe déserte et que, sous les espèces de la boue de glaise vernissant ses guêtres rousses, il y avait fixé ses dieux pénates, nul parmi la gent oreillarde, docile aux instincts séculaires, n'avait songé à lui disputer, comme la fabuleuse belette, ce droit de premier occupant.

Peut-être avait-il oublié ce soir d'automne, où, loin de son buisson natal, harassé par une fuite éperdue devant une harde féroce, il était venu échouer dans les parages de ce coin paisible. Après de savants doublés et de multiples crochets, il s'était remis entre deux sillons boueux avec lesquels il se confondait, le nez tourné du côté du vent qui, comme un complice ou comme un ami, lui rabattait soigneusement le poil sur l'échine pour le mieux dissimuler. Et toute la nuit et tout le jour qui avaient suivi il n'avait pas bougé.

Au crépuscule seulement, désireux d'abord de reprendre le chemin de son ancien canton, il s'était mis en marche ; mais le dernier lièvre de la combe, tué sans doute par les chasseurs, laissant libre cet admirable séjour, la proximité des champs de trèfle et de luzerne, le calme sauvage de ce coin de bois abrité des grands vents, l'avaient retenu là, et les levrauts de Valrimont devenus adultes, en quête eux aussi de solitude, lui en avaient laissé sans conteste la paisible suzeraineté.

Par des sauts saccadés et prudents, dans la lumière veloutée et caressante de ce crépuscule de juin, il descendait vers ses lieux de sortie familiers, après avoir comme sondé l'espace, pour découvrir, malgré le calme inviolé de la forêt, la direction du vent très faible qui baisait languissamment les feuilles ardentes des arbres. Le vent soufflait du Sud, et il se dirigea vers la brèche du mur d'enceinte la plus au midi, comme s'il voulait épier le soir aussi loin que possible et démêler, sur les mille écheveaux de son oreille infaillible, les bruits imperceptibles que pouvait receler l'air nocturne doucement balancé.

En peu d'instants Roussard fut hors du bois, et comme il se sentait protégé par les murailles élastiques de l'ombre, il évolua par son domaine avec le calme et l'aisance que procure la sécurité. Tout en tondant de temps à autre un faisceau d'herbes aromatiques, il se divertissait comme un jeune poulain ivre de sa solitude, bondissant de touffe en touffe, rasant les haies, et, de temps à autre, tournant vers le village d'où venaient encore quelques bruits fanfarons l'oreille négligente de l'être en fête plein de confiance en la vie.

C'était dans tel champ de trèfle rouge aux fleurs sucrées qu'il retrouvait d'ordinaire les autres lièvres de la forêt, ses compagnons nocturnes, et depuis une lune ou deux Roussard s'étonnait de ne plus rencontrer au rendez-vous quotidien les compères à longues oreilles avec qui il se frottait le nez en signe d'amitié dans la verdure humide et odorante des prés.

Il ne les voyait plus ; et Roussard s'étonnait davantage chaque soir, d'autant plus qu'à la place des grands coureurs il voyait maintenant, par troupes envahissantes et d'un sans-gêne exagéré, des congénères plus petits, de couleur plus foncée, qui lui jetaient de mauvais regards et avaient répondu par des cris aigus et des frémissements de museau aux avances sympathiques qu'il avait voulu leur faire.

Roussard était vaguement inquiet de ce voisinage, et s'il ne faisait pas encore de rapprochements entre la disparition des autres grands capucins et la présence de ces cousins bizarres qui se terraient au lieu de se gîter, il n'en sentait pas moins le désagrément de leur continuelle et agressive présence.

Roussard était le plus fort et le plus grand des lièvres de Valrimont, mais il n'avait jamais abusé envers un rival de sa taille avantageuse ; aussi, avec la sérénité des bons et la tranquille assurance des forts, regardait-il ces petits jeannots qu'il aurait facilement battus à la lutte ou à la course.

Toute la nuit, il courut donc de pré en pré, d'herbe en herbe, suivant les sentiers et les chemins d'où, d'un bond, le nez et le derrière en l'air, rassuré et heureux, il rebondissait parmi le parfum d'une nouvelle essence fourragère dont son caprice passager lui avait donné l'envie.

On était en veille de lune, vers une heure du matin sa double corne d'argent monta dans le ciel limpide parmi le scintillement versicolore des étoiles, et Lièvre, posé sur son derrière, toujours étonné et un peu inquiet de la lumière, la regardait surgir, quand un spectacle inaccoutumé le fige de stupeur sur la taupinière où il est assis.

Autour du grand murger fait de toutes les pierres de la vallée, réunies en tas au même endroit selon la vieille coutume, il aperçoit une assemblée étrange et innombrable de lapins qui semblent s'agiter et délibérer.

Tantôt assis sur le cul, tantôt entièrement debout sur leurs pattes de derrière, changeant de place, se haussant et s'abaissant, dressant les oreilles dans l'attitude du recueillement et de l'attention, les rejetant en arrière avec des expressions de colère, dans la clarté douteuse de cette lune décevante, ils ont parfois l'air de danser une danse nocturne, inconnue de l'oreillard, qui, n'ayant jamais eu, ni ses pareils, l'instinct de société, ne peut rien comprendre à la mimique désordonnée de tous ces fous.

Les petits museaux mobiles grimacent étrangement, découvrant les tranchantes incisives des rongeurs ; les pattes de devant battent de petits poitrails colères, puis se haussent jusqu'au museau ; et souvent aussi en un coup plus brutal, comme pour un appel à la violence ou une invitation au silence, une patte de derrière, mieux musclée, frappe le sol qui rend un son assourdi et souligne puissamment l'énergie des attitudes.

Roussard, de loin, le cou tendu de côté, regarde d'un œil, d'un seul œil latéral, d'un gros œil rond bombé et qui semble stupide, cette scène inconnue comme si chaque geste qu'il voit devait décider de sa liberté ou de sa vie.

Enfin l'aube vient, l'assemblée se disperse, et Roussard lui aussi songe à regagner sa combe. Mais à chacune de ses « rentrées » habituelles, comme s'ils exécutaient une rigoureuse consigne, deux lapins sont là qui le regardent passer avec cet éternel froncement de nez qui ne lui dit rien de bon ; plus loin, il en trouve d'autres, plus loin il y en a encore, ils ont l'air d'assiéger la combe, et Roussard, timide et inquiet, s'enfonce profondément dans le fourré, parmi des enchevêtrements fantastiques de ronces. Sur une javelée d'herbe sèche, à l'abri des dards enlacés, le nez humant le vent, il se met en boule pour le repos quotidien.

Argile palpitante, indistinct dans la demi-obscurité du hallier des herbes rouillées parmi lesquelles il dort, les oreilles soigneusement rabattues sur le dos, pareil à une grosse pierre terne patinée par le temps et les éléments, il écoute et il voit de toutes les énergies subconscientes de son être ; — et les bouts noirs et blancs de ses oreilles frémissent quand un bruit étranger aux rumeurs coutumières de la forêt heurte ses notes discordantes au concert monotone qui berce son sommeil, quand un silence plus prolongé suspend les mille voix paisibles de l'harmonie sur laquelle se brode sa quiétude ou quand une soleillée plus ardente, répandant sur cette ombre une douche chaude de lumière, avive les verts ardents des feuilles de ronces et viole la nuit de sa retraite malgré le bouclier vigoureux des pousses virides.

Son sommeil est hanté des rêves les plus déprimants, des cauchemars les plus affreux qui lui dressent tout à coup les oreilles ou lui dilatent les prunelles dans l'ahurissement frissonnant d'un réveil brusque.

Troublé par le spectacle de la nuit précédente et cette ronde démoniaque des lapins, le moindre bruit suspect s'enfle dans son cerveau en tonnerres destructeurs, ou bien le miroitement d'un rayon de soleil sur la face luisante et comme vernissée d'une jeune feuille, se réfléchissant dans l'ove au cadre d'or de sa prunelle, allume devant lui un incendie immense, quelque chose comme l'infernal bûcher où doivent brûler aussi longtemps que les chasses sans fin les âmes innocentes des pauvres lièvres...

Le jeune crépuscule le tire enfin de cette torpeur pénible. Il s'éveille. Il écoute. L'heure est calme. Les feuilles, au faîte des futaies, s'agitent doucement dans la brise du soir comme des mouchoirs d'espérance, adieu de l'âme des arbres au jour qui s'en va. Et Roussard d'un seul bond franchit le mur d'enceinte du bois, son fossé humide jonché de pierres moussues et de feuilles pourries.

Une quiétude parfumée émane de la fraîcheur des prés ; l'heure est douce et semble lui sourire pour lui rendre en partie une confiance ébranlée par les noirs pressentiments qui le troublent. Il oublie. Les choses sont là accueillantes et douces, les trèfles au loin ont une odeur de miel. Déjà il cabriole parmi les jaunes lupulines et les sainfoins purpurins, heureux de sa solitude, quand, d'un seul coup et de tous côtés à la fois, des sons aigus stridulent comme des cris de guerre ou de ralliement.

Sont-ce des voix ennemies ? Ce n'est pas le glapissement enroué des renards, l'aboi furieux des chiens, la raucité féroce de la parole humaine. Ce sont des voix connues. Et le souvenir de la nuit de veille emplit subitement son esprit d'une terreur panique. Un danger est là ! Il faut fuir. Et ses yeux démesurément s'agrandissent, ses oreilles se croisent et se recroisent sur sa tête comme des épées qui se choquent ; mais de tous côtés les bruits s'élèvent, montent, grandissent.

Et voici que, dans la clarté douteuse du jour tombant, il voit surgir des quatre vents et bondir vers lui, en un cercle qui se rétrécit très vite, la bande accrue encore de ceux qu'il a vus la veille autour du vieux murger.

Ils approchent et se resserrent et se bousculent ; ils ont l'air de grandir, ils sont énormes, ils sont géants. Où fuir ? Et Roussard est là, le cou tendu, ahuri. Le danger grandit, le danger approche, le danger va le happer..., mais quel danger ?

Un choc de bélier contre son poitrail ; des museaux qui se froncent, des pattes qui se crispent. Roussard est renversé, piétiné, mordu, déchiré. Puis le cercle s'écarte. C'est fini !

Non, il est prisonnier. Deux petits jeannots féroces lui percent les oreilles de leurs dents tranchantes et le clouent au sol, la tête renversée ; deux autres sont aux pattes de devant, et deux plus vigoureux, tout comme des praticiens expérimentés et sûrs, lui raidissent en les immobilisant les pattes de derrière qu'ils maintiennent écartées dans une attitude lubrique.

La bande en désordre tout autour se hausse et s'abaisse comme un mur vivant ; les museaux frémissent, et, sous des battements précipités de paupières, les yeux bombés rougissent férocement, décelant la rude émotion de la haine. Lièvre, abasourdi, reste immobile et silencieux. Le mur vivant oscille, puis devient immobile en avant ; seuls, en arrière, se haussent des museaux féroces et des yeux sanglants qui ont l'air de l'arc-bouter.

Et voici le sacrificateur qui s'avance.

Sur le ventre blanc de Roussard il penche sa tête au

fin museau. Ses dents, affilées comme des ciseaux d'acier, hésitent un instant dans le poil roussi et, d'un seul coup, il tranche les génitoires qu'il recrache dans l'herbe avec des chairs sanglantes, aux battements de pieds précipités des spectateurs. Des cris aigus de Lièvre, des cris désespérés que la douleur et la peur enflent en braiement sinistre, emplissent le silence de la combe. La bande est là immobile, muette, dégustant ces cris, pesant cette souffrance, figée dans la rude émotion de la haine.

Plus avant et plus profondément dans la chair l'opérateur impassible va fouiller le sexe. On entend le grincement sec des incisives qui se choquent, et un museau rouge agite au regard des assistants une loque informe et sanglante de chair, que, d'un geste de sacerdoce, il remet à un aide pour qu'elle passe de dents en dents. Les museaux semblent ricaner, et la plainte de Roussard monte toujours solitaire, plus lugubre dans la nuit qui tombe.

Le bourreau va continuer. Mais le roulement d'un chariot retentit avec un aboi proche de chien humant leur fret dans le vent. Alors, au choc de ce bélier sonore, la tour de haine qui garde Roussard s'effondre et se disloque et il reste seul, épave mutilée de ce beau soir prometteur d'ivresses.

Mais le dernier rival mâle n'était plus à redouter, la suprême conspiration avait réussi, la haine des lapins était satisfaite.

Et Roussard, mutilé, ivre-fou de souffrance et de

peur parmi le silence de ce soir fatal, s'évada de la Combe aux Mûres et s'en fut à toute vitesse vers le buisson qui l'avait vu naître, dans le canton lointain d'où une meute enragée l'avait chassé un jour d'automne, comprenant trop bien maintenant pourquoi avaient quitté la combe ses grands frères au poil roux, avec qui il se frottait le nez en signe d'amitié, les nuits sans lune, par les sombres luzernes et les sainfoins odorants.

Le fatal étonnement de Guerriot

Le long des coudriers et des aulnes du sentier qu'il suivait pour la quinzième fois déjà de la journée, l'écureuil Guerriot, une faîne entre les dents, sautait de branche en branche, les petites oreilles droites à peine pointant, l'œif vif, la queue en traîne retroussée ou relevée en panache s'épanouissant juste au-dessus de sa tête comme un parasol gracieux.

Sous son poids les branches élastiques fléchissaient et se redressaient, giflant les prêles et les fougères, et lui, l'habile sauteur, le jongleur infatigable, profitant de l'élan qu'elles lui donnaient en se redressant, détendait en même temps tous les muscles de ses jarrets et de ses reins pour se projeter plus haut et plus loin encore, comme une exhalaison des arbustes ou une balle que les sylvains enfants de la forêt se seraient tour à tour renvoyée, jouet joyeux et vivant.

Il allait frétillant, tous les muscles bandés, bondissant très haut pour redégringoler presque jusqu'à terre, et toujours, comme s'il avait été le prolongement multiplié de toutes les branches frôlées, on le revoyait dans toutes les trouées de soleil, semblant nager dans des lames de verdure, épave joyeuse à la dérive d'un beau jour.

Il revenait de la lisière de sa forêt où il visitait les noisetiers et les hêtres, cherchant pour sa provision d'hiver les noisettes jaunes et les faînes mûres plus précoces là-bas qu'aux alentours de sa demeure.

Le moment était venu de la récolte. Finies les journées entières de jeu dans les branches des sapins et des chênes, les poursuites continuelles, les cachettes aux fourches des arbres, les cabrioles fantastiques, les équilibres audacieux. La moisson annuelle s'annonçait, car bientôt tomberaient et pourriraient les fruits, bientôt l'hiver, le froid, les pluies, la neige le confineraient dans sa retraite caverneuse ou aérienne. Car son logis d'hiver serait soit une anfractuosité de roc bien nettoyée, soigneusement matelassée de mousse et de feuilles sèches, distribuée en compartiments égaux, en greniers distincts où s'entasseraient côte à côte et séparées ses provisions diverses ; soit une volumineuse boule à la charpente de bois maçonnée de feuilles empilées ou de mousse longue, consolidée de brindilles qui la hérissaient comme une petite forteresse bien abritée à la fourche solide d'un gros arbre inaccessible, un sapin de préférence.

C'était là qu'il retournait à chaque voyage, une noisette ou une faîne dans sa petite gueule mi-fermée où saillaient les lames jumelles de ses grandes incisives ; une noisette grosse, jaune, lisse, décoiffée de sa « chaule », ou une faîne bien remplie, volumineuse et lourde, qu'il avait choisie dans sa cupule triangulaire éclatée avec tout le soin dont le rendaient capable son instinct de bête et sa sûre expérience.

Il recommençait sitôt arrivé, toujours sautillant, toujours joyeux, après avoir rangé sa goulée dans son petit grenier où, l'hiver, bien calfeutré, il la reprendrait au fur et à mesure de ses besoins et rejetterait au-dehors les débris inutiles et encombrants, soit par une petite cheminée latérale, soit par l'ouverture principale, le boyau d'entrée qu'il pouvait ouvrir du dedans et refermer solidement avec des matériaux résistants rejointoyés de mousse.

Il avait fait ainsi la saison précédente et recommencerait chaque année, après avoir laissé toute la saison chaude sa maison ouverte et vide comme pour l'aérer de ce long hivernage clos et la retrouver toute saine à l'automne.

Il avait passé la belle saison dans sa maison de campagne, une petite boule de mousse reconstruite chaque printemps, un pavillon vert suspendu à une fourche de chêne où il abritait ses annuelles amours.

Mais sitôt les petits élevés, partis, dispersés, il s'était laissé aller joyeux à vivre seul en gaîté et sans souci sous le soleil, mangeant au jour le jour les fruits de la forêt, de ceux-là qui ne durent qu'un temps, s'aventurant parfois dans les prairies frontières pour s'y empiffrer de cerises qui ne se conservent point, et quelquefois aussi, mais rarement, sanguinaire, saignant, dans leurs nids ou sur les branches, où il les saisissait à l'improviste, les petits oiseaux.

Le plus souvent, content du jour et de la vie, il sautait de branche en branche, tout son corps roux au vent, giclant éperdument comme une large étincelle de feu au moindre choc qui émouvait l'arbre sur lequel il se trouvait, ou comme une gerbe lumineuse que les pas du soleil auraient fait rejaillir des flaques miroitantes des frondaisons.

Il mangeait là où il était, le plus souvent tout de même au même endroit sous les hauts sapins qui faisaient un îlot sombre dans la mer sylvestre et où il retrouvait les joyeux compaings.

Ils montaient le long des grands fûts droits, dégarnis jusqu'en haut, qui ressemblaient aux mâts de cocagne naturels, dressés là en permanence pour une fête intime et forestière, au haut desquels les « pives » dans les rameaux supérieurs, comme des prix s'offrant à l'audace des conquérants, pendaient, lourdes de la graine dont ils étaient friands. Ils y grimpaient, soit tour à tour, soit en se poursuivant avec des cris aigus, plus à l'aise le long de ces arêtes vertigineuses que sur le sol mou, où les longues griffes de leurs pattes entravaient leur marche hésitante.

Et quand un rappel d'oiseau ou de bête arrivait à eux, ils dressaient leur petite tête au vent, écoutaient attentivement et filaient aussitôt dans la direction du bruit pour retrouver le geai Jacquot, Margot la pie, s'amuser de leur caquetage, de leurs courbettes, de leurs caresses ou de leurs querelles. De haut les contemplant, ils s'établissaient le plus souvent dans les fourches des branches, la tête seule visible, la queue largement touffue, s'aplatissant sur le dos ou voltigeant en éventail autour du corps pour tromper l'ennemi dont ils auraient pu craindre quelque attaque inopinée.

Guerriot était ce jour-là sorti de la forêt ; il avait couru sur le mur de lisière aux grosses pierres moussues, patinées de hâle, effrayant les lézards qui se chauffaient au soleil et rentraient précipitamment dans leurs retraites en le voyant filer la queue verticale, l'arrière-train en l'air, la tête basse, comme fuyant une correction.

Il avait visité des noisetiers et des hêtres, choisi sa faîne et regagné par le chemin des branches, plus familier et plus commode, l'entrée de la forêt.

Le sentier s'ouvrait comme un porche ténébreux dont la voussure ogivale flamboyait dans le soleil, et dont le faîte, ainsi qu'un tablier de pont jeté entre deux arêtes sombres, s'ourlait d'un parapet tout vibrant de lumière. Sur le sol battu comme une aire, où le vent coulait en frais courant, clapotant aux feuilles des bords, d'immenses racines, déchaussées par le passage des humains, s'élançaient, le coupant en travers et ressemblaient à des tronçons de serpents géants dont les nœuds auraient simulé d'étranges verrues, et de qui la tête et la queue seraient restées enfouies dans un sinistre enlacement de ronces, de branches pourries et de feuilles mortes. Parfois un grattement de rat, frémissant dans les rameaux cassés et agitant de petits sautillements ce fouillis morbide et vénéneux avec le bruit d'une tête qui se lève ou d'une queue qui frétille, donnait plus encore à ces masses noueuses l'illusion sinistre de la vie.

Des coudriers et des aulnes, en cet endroit moins touffu, avaient réussi à vivre et formaient un semblant de barrière lâche, à claire-voie, s'allongeant le long du sentier comme une chaîne souple, frêle, flottante, aux maillons par endroits cassés d'une morsure de serpe et que venait heurter, de place en place, l'élan vigoureux et non contenu d'une branche basse de charme ou de hêtre.

Le soleil qui caressait les faîtes, cherchant comme un indiscret ami à s'insinuer dans le mystère familial du haut taillis, décochait d'espace en espace quelques rayons inquisiteurs qui venaient s'aplatir ou ricocher sur la terre après s'être insidieusement faufilés entre les branches moins feuillues d'alentour, mais de temps à autre aussi, comme si les grands vétérans de la forêt, responsables de ses destinées, eussent été soucieux de n'en rien laisser surprendre à un intrus, le vaste essor touffu d'un rameau de chêne, sentinelle avancée dans le ciel, s'étendait en haut comme une main pudique pour cacher cette espèce de nudité partielle à tout regard indiscret.

Attentif aux bruits, égayé d'un rayon de soleil, d'un

vol d'oiseau, d'un bourdonnement de mouche, Guerriot s'arrêtait parfois au faîte d'un rameau balancé, saluant l'espace, défiant le vide, et repartait de plus belle dans une détente fantastique de muscles, une explosion de nerfs qui le faisaient jaillir plus haut que son but sur lequel il retombait gracieux en un ploiement élastique des branches, les pattes en avant, la queue droite, les griffes tendues comme des crampons solides et sûrs.

Justement le sentier, silencieux à son départ, s'égayait d'un rappel de merle au pied du gros chêne.

Qu'est-ce que pouvait bien vouloir cet ordonnateur austère, au frac éternellement correct, des concerts printaniers à cette heure du jour ? D'ordinaire, c'était à l'aube et au crépuscule que son « tcha-tcha » régulier réclamait les autres oiseaux pour la consigne du jour ou le mot d'ordre de la nuit. Bizarre, ce bruit ! Il faut voir, et Guerriot se précipite, la petite tête enfoncée dans son cou comme un galopin faussement timide, se penchant vivement à droite, à gauche, en avant, de côté, pour découvrir, derrière les multiples rideaux de serge des frondaisons, le siffleur à bottes jaunes appelant ses confrères.

Assez bas perché sur un rameau flexible, il se penchait nerveux, l'œif vif fouillant le vide, étonné de ne rien voir et de ne plus entendre, quand un grand chien roux, poussant des abois furieux, reniflant bruyamment, le nez en l'air, arriva sous son arbre et, l'effrayant par son élan et ses coups de gueule, le fit jaillir de côté dans un envol éperdu, en même temps qu'une rude voix humaine se faisait entendre, et qu'une violente détonation étonnait la mer calme des feuilles, à peine ondulant sous la brise du matin.

Et aussitôt il sentit glisser tout autour de lui des sifflements aigus comme un vol de frelons irrités que le chien aurait lâchés en l'air à ses trousses et qui passèrent en rafale subitement évanouie.

Les oreilles hérissant leurs pinceaux de poils, la queue en bouclier sur le dos, les dents claquant de colère et de peur, il filait comme un trait, brancheyant à toute allure, s'enroulant autour des arbres, rebondissant plus loin, en haut, en bas, de côté, dans une fuite éperdue, fantastique, pour faire perdre sa trace à l'ennemi aboyant qui l'avait épouvanté de ses cris et menacé de ses sifflements ; — car Guerriot, n'ayant vu que le geste du chien, lui attribuait naturellement, par un sentiment très droit de logique, et le coup de fusil et le cinglement des plombs.

Il regagna par un habile crochet sa boule de mousse, où il déposa la faîne qu'il n'avait pas lâchée, et fila se cacher au haut d'un arbre voisin, sondant l'espace au-dessous de lui et écoutant au loin les aboiements du chien qui s'en allait et dont le départ calma progressivement sa frayeur coléreuse.

Comment ce lourd animal qui le menaçait de la terre avait-il bien pu faire pour lancer à sa poursuite cette rafale de sifflements qui lui avaient fait, dans sa fuite, hérisser les poils et plier les reins ! Mais plus rien ne troublait la forêt et Guerriot repartit de nouveau à sa récolte, longeant le sentier accoutumé, où ses bonds brusques et impétueux semblaient casser des vitrages de verdure et favoriser l'espionnage du soleil qui se glissait aussitôt dans les failles ménagées par son complice.

Plusieurs jours se passèrent ainsi dans la quiétude et le joyeux labeur d'une bonne récolte.

Il redescendait son sentier, une noisette aux dents cette fois, pour la porter dans la case de son grenier appropriée à cette provende, quand il fut surpris par un claquement sec, accompagné de sons gutturaux qui le firent subitement grimper tout droit au gros arbre sous lequel il passait.

Arrivé aux premières branches, se sentant hors d'atteinte d'une attaque ordinaire, il fit brusquement halte et regarda à terre. Il y vit un étranger à deux pattes qui le considérait attentivement. Guerriot, aussitôt, se jeta du côté opposé à l'homme, dissimulant son corps derrière le fût du charme, et regarda à son tour, lui aussi, cet être bizarre au pelage multicolore, prêt au premier geste de menace à sauter au large et à le semer, ainsi qu'il avait fait pour le braillard des jours précédents.

Mais l'homme ne criait pas comme le chien, il ne faisait pas de gestes menaçants, donc il ne pouvait être dangereux ; un peu drôle seulement, et d'autant plus que, bientôt, il sembla diminuer de grosseur et s'affaisser sur lui-même.

Il devenait de moins en moins menaçant et avait l'air tout apoltronni de sa rencontre. Très étonné, Guerriot ne le quittait pas des yeux.

Alors l'autre, lentement, porta à son épaule un long tube sur lequel sa tête, comme morte, sembla tomber inanimée, et l'éleva progressivement, dans la direction de Guerriot qui, nullement inquiet, le regardait faire sans bouger.

Bientôt le tube s'immobilisa, et l'écureuil, face à face avec ce trou noir qui le regardait fixement et l'œil rond de l'homme rivé sur le canon, qui le fixait aussi, sentit comme un malaise pénétrant et profond et un choc étrange en lui.

Il aurait voulu fuir et ne voyait point de danger. Il sentait pourtant quelque chose d'angoissant qu'il ne comprenait pas, qui pourtant le menaçait et le liait à cet assemblage étrange que ses yeux ne pouvaient plus quitter, fascinés qu'ils étaient par ce trou fixe et sans paupière.

Plus avant, sa tête anxieuse aux yeux plus fixes se penchait, attirée par le gouffre de ce regard vide et par l'éclat flamboyant de l'œil qui semblait le surplomber.

Ah ! le grenier aux provisions, les belles noisettes jaunes, les faînes bien pleines, les calmes journées de l'hiver bien au chaud dans le logis aérien, tranquille et sûr !

Guerriot sent sa tête qui ne pense plus ! Il faut fuir, fuir ! Brusquement il va secouer ce charme, tenter le geste, esquisser l'élan. Trop tard ! Un immense éclair rouge jaillit de l'œil vide, un saisissement plus grand et plus fou perce le petit crâne bossué et cingle sous le poitrail blanc le cœur chaud de la pauvre bête qui sauta et dégringola sur le sol, encore aux dents la grosse noisette jaune déchaulée, qu'elle serrait plus fort entre ses petites mâchoires raidies par l'étonnement suprême de la mort.

L'évasion de la mort

La mare stagnait, écrasée sous le soleil d'un midi de juin. Un voile transparent de vapeur impalpable, comme faufilé aux grands roseaux de la rive, en couvrait de sa gaze ténue le miroir étincelant. Les grandes feuilles larges des plantes aquatiques, les agglomérats d'algues d'eau douce, les câbles entortillés et verdâtres de vauchéries simulaient des trous d'usure que les saisons auraient faits dans son tain flamboyant, son tain que rénovaient et changeaient au fil des jours et au cours des nuits la touche vigoureuse des coups de soleil ou la caresse laiteuse des rayons de lune.

Les saules qui la bordaient au couchant serraient leur ombre sur leur fût comme des femmes qui ramassent leurs jupes autour de leurs jambes pour se protéger des flaques de chaleur et des éclaboussures de soleil.

Des bulles légères de gaz, comme des défauts passagers, venaient de temps à autre crever en soupir de respiration pénible, en suivant, telles des trachées pulmonaires, les grosses tiges des nénuphars qui ourlaient le pourtour de leurs feuilles d'une dentelle fugace de rides, comme s'ils eussent tenté traîtreusement d'agrandir l'usure du miroir éternel de ce coin de ciel.

Mais presque aussitôt tout retombait dans la lourde torpeur que n'agitait pas un fil de vent, que n'égayait pas un chant d'oiseau et que berçait seule, dans les prairies fauchées, la cantilène monotone des grillons.

Le peuple vert des grenouilles avait presque suspendu dès l'aurore son concert : seules encore, dans le matin, quelques solistes enragées, au goitre blanc, gonflant leur membrane tympanique à fleur de peau, avaient lancé leur chant monotone de croa, croax, corex, croex.

Mais toutes maintenant restaient immobiles, figées sur les feuilles où l'engourdissement les avait surprises, les yeux grands ouverts dans leur cercle d'or, respirant l'infini sans songer, muettes, ne daignant même pas jeter un coup d'œil aux imprudentes sauterelles qu'un saut étourdi et imprévu avait déposées parmi elles, ou aux mouches multicolores qui, comme dissoutes dans la vapeur, bombillaient autour de leurs asiles.

C'était pour elles l'heure de la grande paix et du grand repos ; elles partageaient la torpeur générale, elles participaient à la quiétude universelle qui les endormait avec toute la vie et les liait au reste de la création dans la confiance inconsciente que nul danger n'était proche, qu'aucun ennemi n'était à craindre.

Quelques-unes s'étaient aventurées dans les grandes herbes de la rive, et, aplaties sur la terre humide que nulle vibration de pas ne faisait trembler, elles savouraient aussi, sans savoir, la torpeur bienfaisante de la vie suspendue dans la joie.

La mare stagnait, abrutie de soleil.

La tête haute, les cuisses ramassées, l'échine cassée à angle obtus, le ventre replet, Rana, dans l'attitude hiératique où l'avait immobilisée Midi, reposait sur le socle d'une feuille flottante de nénuphar avec laquelle se confondait sa robe verte lamée d'or.

Rana avait déjà cinq ou six fois vu revenir la saison où le sang peu à peu s'engourdit comme sous la brûlure périodique de ce midi de plomb, et où une force mystérieuse la contraignait, avec toutes les commères, transies et muettes, à franchir la sombre forêt aquatique des algues vertes qui garnissaient le centre de leur domaine, pour chercher dans la couche marneuse des profondeurs l'asile d'hiver.

Cinq ou six fois, elle avait vu sa mare envahie avec les pluies d'automne par les hordes grasses des grenouilles rousses, aux tempes sombres, pèlerines de l'été, qui les délaissaient au printemps, après la saison de l'amour, pour courir les champs et les prés, en quête de sauterelles et de vermisseaux.

Sur la mare, le silence, comme à la veille d'une crise, bourdonnait plus lourd et plus haletant ; des signes imperceptibles semblaient transpirer des choses, qui disaient que la vie, lentement, par degrés, allait de nouveau tout ressaisir et tout entraîner dans son courant.

Rana sur sa feuille eut un clignotement. Donnait-elle par là, à la vie, le signal de recommencer — ou bien ce signal venait-il d'ailleurs, de la terre ou du ciel ? — Un vent tiède et léger rida imperceptiblement l'eau de la mare, un oiseau siffla ; le sol, au lointain, vibra de pas lourds dont frissonnèrent les sœurs aventurées dans les roseaux. La vie reprenait avec ses dangers et ses luttes sans qu'on pût préciser quel ressort invisible, se déclenchant dans le mystère, l'avait tirée de la somnolence où elle s'était enlisée.

Une grosse sauterelle verte aux longues antennes, telles des aigrettes coquettement rejetées en arrière, aux cuisses charnues, tomba les pattes repliées comme deux barres parallèles autour de son corps. Ses ailes fines aux nervures délicates comme de tendres feuilles n'étaient pas encore refermées que déjà Rana, détendant ses pattes de derrière, la gueule ouverte, l'engloutissait en retombant dans l'eau qui sembla ployer sous elle ainsi qu'une couverture élastique.

La chasse recommençait.

Des insectes de couleur, des mouches tournoyaient sur la mare avec un petit vrombissement qui se mariait aux vibrations continues des couches d'air surchauffées se balançant au-dessus de l'eau.

Des « pflocs » consécutifs entre les roseaux indiquaient que la vie palpitait sur la mare, des vols d'oiseaux zébraient l'azur, des cris de faucheurs, des hennissements d'étalons sillonnaient la plaine, des pas lourds de bœufs ébranlaient la terre.

La conscience renaissait en Rana réveillée lorsque, tout à coup, des chocs brusques, précipités et consécutifs de compagnes plongeant dans l'eau, l'immobilisèrent en lui annonçant un danger.

Quel danger ? L'homme, le pas d'un bœuf ?

Mais une espèce de sifflement dans les joncs, droit devant elle, la médusa subitement.

Laissant par-derrière, parmi les lentilles vertes tapissant la mare en cet endroit, un sinistre sillage, comme si l'eau même eût éprouvé une répulsion invincible à le combler, une grande couleuvre, entre les portiques des roseaux, dressa sa tête plate, ses yeux fixes plongés en elle intensément.

Alors, le malaise qui avait empêché la grenouille de suivre instinctivement le geste des compagnes s'enfla en un engourdissement stupide qui la paralysait sur l'eau, les pattes de derrière allongées en rames immobiles la soutenant malgré elle de leurs nageoires écartées. La couleuvre la fixait de ses yeux ronds et fixes, sûre de sa proie qu'elle ne quittait pas. Son collier de couleur claire changeait du jaune pâle à l'orangé sous l'influence de l'émotion violente qui l'emplissait ; son dos et ses flancs verdâtres tranchaient à peine sur la couleur de la flore marécageuse que son ventre d'un noir bleuâtre frôlait en dessous.

La gueule était close encore. La bête semblait immobile, mais insensiblement, sa queue appuyée sur les herbes poussait la tête, et la large gueule aux mâchoires libres, s'ouvrant lentement, projetait en avant la fine langue bifide frétillante.

Rana ne percevait plus rien de la vie. Elle était séparée de son monde, retranchée de la société des compagnes, extériorisée de son marais qu'elle ne reconnaissait plus, tout entière sous l'emprise d'une volonté invincible qui la liait à elle et cassait ou plutôt rongeait tous les autres liens avec les choses et avec la vie.

Elle voyait la gueule qui s'ouvrait comme un gouffre où elle devrait s'engloutir. Quelque chose pesait sur elle aussi sûrement que la fatalité de l'instinct qui la poussait, aux pluies d'automne, vers la demeure hibernale. Mais rien d'angoissant ne l'étreignait quand elle creusait son caveau dans la vase de la mare, tandis qu'ici l'angoisse de l'inconnu et de la peur, se superposant à l'inévitable, la crispait douloureusement.

La gueule s'ouvrait ; la distance diminuait, la volonté de l'autre pesait plus dure et plus implacable, l'envahissait toute, disposait de tous ses nerfs, commandait à tous ses muscles, et préparait tout son être pour le but auquel elle tendait.

Rana ne voyait plus que le trou de la gueule, maintenant large ouverte, qu'un demi-pied à peine séparait de sa tête, et ses cuisses se rassemblaient sous son ventre.

Alors, d'un seul coup, d'un seul bond, aussi précis et réglé qu'une trajectoire mathématique, elle se jeta la tête la première dans le gouffre.

La large gueule se fendit plus large encore, se dilatant progressivement. Rana ne sentait plus rien, tandis que son cœur vivace continuait à battre et que les pattes de derrière écartées s'agitaient encore faiblement hors de l'abîme, comme un dernier adieu à la vie.

Une bave gluante et tiède l'enveloppait, un mouvement lent et irrésistible l'entraînait impitoyablement vers des profondeurs.

Et tout se tut.

De la mort ainsi glissa sur elle, ou plutôt ce n'était pas encore de la mort, mais une vie passive, presque négative, une vie suspendue, non pas dans la quiétude comme au soleil de midi, mais cristallisée, pour ainsi dire, dans l'angoisse, car quelque chose d'imperceptible, comme un point de conscience peut-être, vibrait encore en elle pour la souffrance.

Puis il y eut un grand choc qu'elle ressentit vaguement au mouvement de ses pattes encore libres, et par degrés, lentement, sans autre cause, l'angoisse de la volonté annihilée diminua et s'évanouit pour ne plus laisser subsister que de la souffrance physique.

Le mouvement de déglutition qui l'entraînait dans le gouffre noir s'était arrêté de lui-même, les parois du gouffre, l'œsophage de la couleuvre, étaient molles et sans ressort, les pattes de derrière de Rana pendaient, la tirant par en bas doucement. Alors elle les secoua pour chercher un point d'appui : rien ne résistait, elle se sentit glisser petit à petit sans se rendre bien compte de ce qui se passait, et, tout d'un coup, comme si une force providentielle et inconnue l'eût tirée hors du gouffre, elle s'échappa lourdement de la gueule et dégringola dans le vide.

Pendant que la couleuvre, immobile sur la mare, déglutissait laborieusement sa proie, les mâchoires horriblement dilatées, sans penser à sa sécurité, un grand oiseau de proie, une buse géante, l'avait aperçue, lui avait fendu d'un coup de bec la boîte crânienne et l'avait emportée dans ses serres pour la pâture de la soirée.

C'était ce choc qu'avait perçu vaguement Rana, se sentant dégagée de l'influence hypnotique de la bête enlevée, pliée en deux, la tête pendante, aux serres de l'oiseau ; et c'était sa propre pesanteur qui l'avait tirée par en bas, en la faisant glisser sur les coussins gluants de la gueule de son ravisseur.

Et elle tombait, toutes pattes écartées, lourdement, tandis que se perdait en un infini où ses yeux ne pouvaient atteindre son sauveur inconnu qui s'évanouissait de son monde.

A peine réveillée de la léthargie qui l'avait envahie, elle ne se rendait pas compte de ce qui se passait, quand un heurt violent de tout son corps contre la terre sèche et craquelée l'aplatit brusquement, les pattes raidies dans la douleur, le ventre mou, écrasant les poumons dont l'air s'échappa avec un bruit de rot, tandis que l'intestin et l'estomac s'étalaient en dehors de sa gueule sur la langue large et charnue qui pivota sur sa charnière antérieure et fut crachée en avant, elle aussi, dans la violence du choc.

Le jour passa, les heures se traînèrent. Rana était toujours immobile, on l'eût pu croire assommée, si peu à peu, au bout d'un temps assez long, l'intestin, l'estomac et la langue, sous l'influence de forces intérieures invisibles, n'étaient rentrés d'eux-mêmes par la bouche pour reprendre leur place normale.

Lentement aussi, les poumons se remplirent ; Rana sembla se gonfler comme une baudruche dans laquelle le crépuscule aurait soufflé de la vie, et les paupières, allongées par la mort, surplombèrent de nouveau le cercle d'or de son regard étonné. Elle eut un papillotement, ses yeux se fermèrent et les pattes se rassemblèrent instinctivement sous son corps.

De nouveau elle perçut le monde extérieur : ses yeux virent, ses membranes tympaniques se tendirent, sa peau verruqueuse frémit. Elle laissa les sensations l'imbiber, puis les chercha : elle regarda et écouta.

En haut, la nuit était drapée comme chaque soir avec ses larmes d'or pareilles aux yeux des compagnes, inaccessibles vers luisants des prés noirs d'un paradis promis, mais il manquait à ses habitudes le peuple des sœurs, les palais de roseaux et la bonne humidité coutumière du marais.

Comment avait-elle bien pu faire pour déserter cet

asile ? Quelle poursuite endiablée de sauterelles l'avait entraînée si loin ? Que s'était-il passé ? Rien ne répondait. Il fallait à tout prix retrouver l'élément essentiel de sa vie, la bonne eau tiède où elle s'ébattait avec aisance et avec joie. Autour d'elle, c'étaient des herbes inconnues et molles, au parfum mièvre ; les grillons chantaient, les vieilles perdrix chanterelles faisaient tirouit ; « paye tes dettes », roucoulaient les cailles.

Et tout à coup, par-delà le taillis touffu des herbes odorantes, les tiges raides des graminées d'où pendaient des grappes d'épis, les sombres ombelles des carottes sauvages et des berces, les colliers d'argent des grandes pâquerettes, elle entendit au lointain la rumeur monotone du chant de ses sœurs.

Sans souvenirs, sans essayer de rattacher ces deux branches de son existence cassées par l'aventure, elle bondit à travers les touffes dans la direction des voix, s'arrêtant à chaque saut pour se diriger sans encombre et sans perte de temps.

Elle sauta, sauta, vite, toujours plus vite, reprise dans l'orbe de la vie qui bruissait et l'entraînait.

Bientôt se dressa devant elle le quadrilatère de joncs qui bordait la mare au levant et qu'elle tourna pour arriver sous les saules, à la berge qui surplombait la surface de l'eau, trouée de petites têtes au goitre blanc.

Alors, d'un saut magnifique et spontané, elle rentra dans son monde et dans sa vie et mêla sa voix à celles des compagnes qui chantaient sous le clair d'étoiles.

La captivité de Margot

A mon frère Lucien.

Radotante comme une aïeule en enfance qui répète sans savoir le même cri, monotone d'intonation et vide de sens, saoule du matin au soir, inconsciente de la dignité sauvage que, prisonnière, elle avait su garder d'abord avec ses geôliers, Margot la pie, ravalant pour le plaisir des humains ses besoins et ses gestes, ne se faisait plus depuis longtemps les amères réflexions qui avaient tant attristé les premiers jours de sa captivité.

Loin, bien loin maintenant la mer moutonnante des frondaisons, les corridors de verdure, les chênes hospitaliers où s'ébattait jadis, parmi les senteurs sylvestres, sa jeune liberté. Pourquoi, après avoir échappé à la glu de la mare, au trébuchet de l'oiseleur, au plomb du braconnier, à l'appeau du chasseur, s'être fait prendre et finir ainsi !

Un matin, à quelques coups d'ailes du nid, elle avait tout d'un coup pris conscience de sa vie en ne recevant plus du bec maternel la pâtée coutumière d'insectes et de fruits. Aucune fibre en elle n'avait frémi de cet abandon, l'instinct filial qui survit quelquefois chez certains animaux supérieurs à la période d'élevage n'existait pas chez elle, car la sollicitude maternelle était morte avec l'éveil de sa conscience. Elle ne ressentit même pas l'espèce d'ennui, né de l'ignorance, qui étreint les êtres livrés pour la première fois à eux-mêmes en face de tous les problèmes de l'existence. Un subconscient lui disait qu'elle ne devait pas craindre la vie. La forêt s'ouvrait à elle comme un domaine, ruisselante de couleurs, de lumières, de rumeurs, imprégnée de chaleur, crevant de provende. Elle n'avait qu'à pénétrer, qu'à se laisser porter sur le flux de la vie née avec elle et comme pour elle ; et, légère, insouciante, caquetante et jacassante autour de ses sœurs qui, elles aussi, prenaient leur place dans la forêt, elle s'abandonna joyeuse à la vie, contemplant son sort sous un angle heureux de jeunesse, de lumière et de fête.

Ses sœurs n'étaient pour elle que la société familière aux mœurs connues, aux habitudes communes, le point d'appui sur lequel sa vie personnelle, son égoïsme de bête pouvaient se reposer ; leurs gestes, le critérium indispensable pour juger des autres habitants ailés qui hantaient comme elle les rameaux touffus des futaies forestières. Elle conservait avec elles et avec toute sa gent cette solidarité de race, moins accentuée chez les sédentaires que chez les migrateurs qui sentent bien plus, eux, devant la multiplicité des besoins, la nécessité de s'unir, de s'entraider et de se défendre mutuellement.

Elle n'aurait, comme Tiécelin le corbeau, porté secours à un compère en train de disputer à un dangereux rapace la proie convoitée. Elle faisait partie des privilégiés de la forêt chez qui les instincts altruistes sont le moins développés, pour l'unique raison que les besoins, ces grands maîtres des sentiments et des mobiles, étaient pour elle moins impérieux et les dangers moins pressants.

Ni les éperviers ni les buses ne songeaient à faire de Margot leur pâture, préférant, aux aléas d'une course et d'une lutte pour un morceau si peu friand, la chasse aux passereaux inférieurs, aux gallinacés sauvages, à la chair délicate, et incapables de se soustraire autrement que par la fuite à leur attaque impérieuse et violente.

Elle n'avait pas à s'inquiéter outre mesure de sa nourriture, car, peu délicate sur le choix des becquées, elle gobait indifféremment les insectes, les fruits, et n'hésitait même pas, l'occasion se présentant, à démolir ou à dévorer la couvée tardive d'un petit oiseau qu'elle assommait ou éloignait, à grands coups de bec, du nid où le retenait son instinct maternel.

Son plumage aux reflets changeants, son habit aux basques trop longues et comme étriquées, non plus que sa chair amère et coriace ne pouvaient guère tenter les humains, et elle n'avait réellement à craindre, mais elle l'ignorait, que la fantaisie meurtrière d'un chasseur désœuvré, en mal du coup de fusil où essayer son adresse.

Aussi, peu jalouse de la provende qui abondait dans la forêt, conviait-elle par un jacassement particulier, une sorte de roucoulement non disgracieux et presque tendre, les sœurs en maraude à venir partager au gros chêne de la clairière ou à l'alisier de la tranchée la robuste platée de glands ou le délicat dessert de fruits rouges et sucrés qu'elle avait découverts, et dont elles se gavaient toutes, à qui mieux mieux, en caquetant comme des hommes un peu ivres devant les reliefs d'une plantureuse ripaille.

Quelquefois, souvent même, elles accueillaient Jacquot, le cousin geai, faraud, parant son habit roux de passepoils bleus, qui s'en venait à leur invite cogner du bec lui aussi et se dilater le gésier jusqu'à l'étouffement.

Et tous les soirs, après la buvette en commun à la flaque du coin ou à la source du taillis, et les envols capricieux vers l'horizon, immobiles aux quatres coins du bois, elles répondaient à l'appel de l'ancêtre Margot, la vieille pie de la forêt qui les conviait à se rassembler dans le chêne ou dans le foyard qu'elle avait soigneusement choisi pour la nuit, selon la lune, le temps, les vents ou autres accidents secondaires, et que son instinct de bête, augmenté de sa prévoyance d'aïeule, lui avait fait élire entre tous.

Elles se reconnaissaient à petits cris joyeux, étouffés, presque attendris, sautant de branche en branche, hésitantes, capricieuses, se querellant doucement pour une place qu'elles ne désiraient pas, se bousculant, animant l'arbre tout entier dont les rameaux, les feuilles, s'agitaient de leur mouvement perpétuel et qui semblait exhaler la joie de receler toute cette vie fourmillante et heureuse.

Puis, petit à petit, au fur et à mesure que s'enfonçait le soleil, que diminuait la lumière et que planaient sur elles le mystère de la nuit et le danger d'attaques nocturnes, la rumeur s'assourdissait, se ponctuait de silences que ne troublaient bientôt plus que de légers cris tombant çà et là de branche en branche comme un bonsoir tardif ou un appel au sommeil.

Des jours heureux avaient passé sous le soleil ; des jours de bavardage et de goinfrerie, dans les palais verts compliqués et changeants des taillis, dans les pavillons clairs, soleilleux de la coupe, à côté des geais lourdauds, des merles dégagés et vifs, des corbeaux cyniques et monotones et des grives méprisantes ou peureuses.

Elle connaissait les arbres hospitaliers, les ravins abrités, les sources fraîches, les oiseaux amis, les rivaux et les ennemis.

Elle avait été très surprise de voir des matins entiers les geais passer sur sa forêt, s'abattant tous comme pour une pause prévue, une halte immuable, à un même grand chêne aux branches sèches, comme au point de repère d'une étape bien définie. Elle avait d'abord suivi les premiers, puis, voyant qu'ils dépassaient la forêt et s'enfonçaient vers le Midi en longue chaîne grise, les avait abandonnés pour revenir à son point de départ, et huit jours entiers, amusée et curieuse, elle avait escorté, durant leur passage par son domaine, leur monotone et long défilé.

Où pouvaient-ils aller ainsi ? Quel ennemi puissant, quel rapace à l'appétit fantastique les chassait de la forêt natale en même temps que les cohortes silencieuses des ramiers et ces nuages gris de sansonnets, tournant comme des nuées d'orage avant de s'abattre sur les chaumes herbeux ou sur des labours fraîchement retournés ? Elle suivait leur manège avec étonnement, attentive au moindre spectacle nouveau, au moindre cri inconnu.

La curiosité était le défaut de Margot, le péché mignon de toutes ses sœurs agaces, qu'elle voyait, comme elle, accourir au premier signal étranger à leur vie.

Elles avaient entouré de loin et peureusement Guerriot l'écureuil, franchissant sans ailes, de bonds fantastiques, les abîmes qui séparaient les arbres, grimpant tout droit avec une agilité incompréhensible, et assisté de haut aux fanfares des chiens courant le lièvre.

Les bruits les plus éclatants, les rumeurs les plus violentes, n'effrayaient point Margot. Elle avait entendu le coup de tonnerre qui avait arrêté l'oreillard sans soupçonner sa provenance ; elle avait suivi, curieuse, et sans y rien comprendre, les gestes de l'homme, rejetant à l'épaule son long tube fumant et d'une main tenant en l'air le lièvre mort que, de l'autre appuyée sur le bas-ventre, il faisait pisser selon la vieille habitude des chasseurs.

Seule, l'odeur de la poudre l'avait incommodée et comme induite en méfiance, mais elle était tout de même restée sur son « foyard », à peine dissimulée, contemplant la scène, tandis que les merles s'étaient enfuis avec des sifflements aigus et que les corbeaux filaient au loin à tire-d'aile en poussant des croassements de rappel significatifs.

Margot n'avait jamais éprouvé le danger de la présence de l'homme ; mais tout de même, à voir le lièvre inerte entre les mains de son vainqueur, elle avait senti qu'elle devait se méfier de lui, bien qu'elle ne pût établir entre sa situation d'animal ailé, qui lui semblait inaccessible aux étrangers terriens, et celle du lièvre mis à mort, de relation réelle et précise. Elle pensait un peu comme Guerriot, qui devant l'homme grimpe à l'arbre le plus prochain, s'y établit dans une fourche, et, le corps dissimulé, contemple, se croyant provisoirement en sûreté, et attendant le geste menaçant devant lequel il déguerpira, le braconnier qui l'ajuste paisiblement et va le faire dégringoler de sa retraite aérienne.

Mais il semblait vraiment qu'avec ces jours d'automne et le pèlerinage au loin des geais et des ramiers, la providence qui lui avait rendu si aimables les premiers mois de sa vie dans la forêt avait disparu elle aussi.

Sans doute, la nourriture restait abondante et variée, les ruisseaux épanchaient le même cristal frais, mais les premières gelées qui avaient suivi les pluies torrentielles et persistantes des derniers jours de septembre, en la refroidissant, avaient comme endeuillé la forêt. La gent ailée s'y faisait de moins en moins nombreuse, et l'humidité qui s'évaporait sous les soleillées fugaces en brouillards frais et persistants la bardait comme une malade d'une ouate translucide de solitude et d'ennui. La toiture de feuilles se crevassait, jaunissait, s'écaillait petit à petit et laissait insidieusement filtrer sur les réfugiés des rameaux, sur les hôtes familiers des branchages, des filets de pluie qui délustraient les plumages et engourdissaient les ailes.

Les feuilles tombaient toutes, tantôt lentement, à regret, une à une les vesprées calmes, sans que rien, sinon leur couleur, laissât supposer leur chute prochaine, ou par rafales les jours de tramontane avec des crépitements secs et grêles qui faisaient sursauter dans leurs gîtes de ronces et fuir vers la plaine, entre les rais des sillons, gris comme eux, les vieux lièvres roux.

Il s'accumulait sur la forêt de la solitude, de l'ennui, de l'angoisse, et tout ceci pesait à l'âme de Margot, aux âmes de ses sœurs, qui, avec le soleil levant, après un rassemblement instinctif, un bref lustrage des plumes ébouriffées par la brume de la nuit, prenaient leur vol vers le soleil et s'égrenaient comme une semence épandue à la volée par les doigts du matin, au hasard des haies qui bordaient les prairies de la combe ou de la plaine. Elles y venaient chercher des fruits que la forêt leur eût facilement fournis, mais qu'elles préféraient quérir ailleurs.

Et comme si les éléments n'eussent pas suffi à brouiller sa vie, à attrister ses jours, voici que les choses, elles aussi, semblaient prendre à tâche de devenir leurs complices et de se liguer contre sa gent.

Un beau soir, à l'heure où le soleil du crépuscule faisait cuivroyer la surface polie d'une petite mare ombragée d'un saule, elle avait, le bec empâté encore de baies sucrées décrochées aux haies, rejoint vivement ses compagnes qui s'y abattaient toutes un instant avant de regagner l'asile de nuit choisi par l'aïeule.

Or, voici que, tout d'un coup, une de ses sœurs voulant s'enlever n'avait pu prendre son essor, et une autre de même et une troisième aussi.

Les pattes nerveuses repliées sur elles-mêmes, se redressant en vain pour l'élan, refusaient de quitter le sol et d'exécuter le saut nécessaire pour prendre l'envol, car ce n'est pas immédiatement de terre que les ailes s'éploient pour la volée. Elles étaient là, aussi empêchées que les hirondelles aux pattes trop courtes, naufragées sur des grèves de boue.

Comme si une force invincible les eût clouées, elles restaient les pieds rivés, immobiles, battant des ailes et criant de détresse. Et Margot se demandait curieusement ce qu'elles avaient ! Avec bien des peines, les prisonnières réussissaient lentement à soulever une patte exténuée par l'effort, au bout de laquelle tenait, fixée à tous les ongles, comme une corde flexible qui s'étirait doucement sans se rompre, puis demeurait ainsi, s'allongeant ou se raccourcissant selon le mouvement de la patte, tandis que l'autre jambe restait immobile sous l'étreinte gluante qui la maintenait par en bas. Et si elles voulaient, à son tour, soulever cette autre patte il fallait, pour donner à l'effort la force suffisante, reposer la première et se river de nouveau au sol.

Trois étaient prises ainsi, celles qui, arrivées les premières, avaient choisi les places les plus commodes pour boire à même l'eau de la mare. Les autres, parmi lesquelles Margot, avaient été contraintes à se percher sur de grosses pierres qui n'y étaient pas les jours précédents, et qui faisaient autour de l'eau, sauf à l'endroit où se débattaient les sœurs captives, comme un collier ou un rempart.

Elles étaient obligées, pour atteindre la surface de la mare, de s'accroupir et de se pencher en avant, en tendant le cou, au risque de tomber et de se noyer parmi ces câbles verdâtres de mousse qui dissimulaient un fond vaseux et traître.

Suspendant cette laborieuse déglutition de l'eau puisée à petits coups, elles essayaient en vain de comprendre le mal qui subitement venait d'atteindre leurs compagnes. En vain elles voletaient au-dessus et alentour ; les autres continuaient à piailler éperdument en levant alternativement les pattes comme si elles avaient été atteintes d'une folie subite.

Le soleil à l'occident s'enfonçait derrière un éperon pourpre de nuage. C'était l'heure de déserter la plaine solitaire et de regagner les bois. L'aïeule au loin rappelait. Et une à une, lentement, comme à regret, Margot et les sœurs libres avaient pris leur essor, abandonnant là les prisonnières, qui, les voyant partir, agitaient plus violemment les pattes et battaient l'air de leurs ailes inutiles dans un désespoir de cris, assourdissant à entendre.

Sans doute elles narrèrent l'aventure à l'aïeule. Mais quand l'aube reparut et qu'elles revinrent à la mare, elles ne trouvèrent plus là que des plumes brisées et quelques os rongés qui attestaient un drame nocturne mystérieux et terrible.

Aussi, pour Margot et pour toutes les pies, la mare fut désormais maudite, et jamais plus, même aux jours brûlants d'été, elles ne devaient accepter l'invite miroitante de sa fraîcheur pour y tremper leur bec et y lustrer leurs plumes.

D'autres jours suivirent avec leurs cortèges d'ennuis et de revers, car, malgré tout, diminuait maintenant la provende. Les fruits mûrs tombaient et pourrissaient sur le sol, les insectes mouraient ou s'abritaient sous la casaque chaude des écorces des arbres ; les récoltes devenaient des glanes, et les repues de frugales collations.

Mais, dociles à l'instinct, malgré l'égoïsme conservateur de l'individu, dominait tout de même en elles, comme un besoin supérieur et subconscient, le souci de conserver la vie de la race ; et invinciblement comme si quelque démon malfaisant de caquetage les eût poussées, quand l'une d'elles découvrait la pâture, le cri de ralliement lui sortait de la gorge et faisait rappliquer des quatre coins de l'horizon les commères éperdues, avec qui elle se disputait ensuite violemment à coups de bec la parcimonieuse portion sur laquelle toutes se précipitaient avidement.

C'était une heure indécise d'un après-midi brumeux. Aux écoutes sur la branche dépouillée d'un « foyard » où elle se reposait de quêtes infructueuses, Margot scrutait l'espace de son œil inquisiteur et vif, quand, d'un fourré encore touffu, sous un chêne plus résistant, elle entendit le cri de ralliement de sa gent et y répondit aussitôt.

S'élevant en l'air au-dessus du lacis semi-squelettique des futaies, elle aperçut au loin deux autres agaces qui convergeaient à tire-d'aile vers le rendez-vous signalé, et y porta son vol elle aussi.

Bientôt l'odeur de la poudre, comme au jour de la mort de Lièvre, incommoda ses narines, car elle fit peu de cas du tonnerre éclatant qui l'avait précédée, ignorant tout de ses causes et de ses résultats, et les bruits l'incommodant, en somme, beaucoup moins que les odeurs.

Elle continua son chemin, et, plus dense et plus

incommodante, accompagnée d'un nouvel ébranlement tonnant, l'odeur de la poudre monta en l'air. Rien ne l'arrêtait. Elle arrivait elle aussi, après les sœurs plus habiles, quand un nouveau coup de feu déchira l'espace, illuminant sinistrement le sous-bois et qu'à ses oreilles des sifflements aigus, accompagnés d'un cinglement atroce au poitrail, lui firent, dans un cri plaintif, virer de l'aile et s'enfuir au loin.

Et presque aussitôt, se superposant inconsciemment, la vision de jadis et celle-ci se dressèrent en elle ; l'homme tenant toujours ce long tube fumant, et s'élançant pour ramasser à terre la cadavre inerte d'une compagne assassinée.

Son sang, qu'elle n'avait jamais vu, coulait en gouttes rouges comme les baies blettes des sorbiers sur le gilet bigarré de ses plumes qui s'agglutinaient pour un pansement naturel et spontané. Un plomb lui avait traversé les chairs, et, sans mettre sa vie en péril, lui avait appris par là que l'homme était un danger. Mais que pouvait bien faire, auprès de l'assassin, la sœur traîtresse qui les attirait dans le piège ? Du même endroit le signal d'invite venait toujours ; c'était une vesprée calme de fin d'automne ; pas un fil d'air ne frôlait la forêt où les dernières feuilles, à l'extrémité des rameaux menus, se seraient agitées comme des mains difformes pour un adieu triste ; le son s'enfonçait dans les lointains et de temps à autre le même bruit sinistre déchirait l'espace. Des pies, des geais, les grives attardées, les derniers merles tombaient dans l'embuscade ; seuls les vieux sédentaires, pleins d'expérience et de prudence, et les savants corbeaux à l'oreille exercée ne s'y méprenaient point, sachant fort bien discerner la voix de l'oiseau de son captieux simulacre, l'appeau traître du chasseur.

Elle commençait ainsi à recevoir les dures leçons de la vie, ayant à lutter simultanément contre la triple coalition des éléments, de la faim et de l'homme.

Ah, l'homme ! elle le redoutait tant maintenant, armé ou non, car moins sagace que les corbeaux et les vieilles commères ailées, elle ne distinguait point encore le dangereux braconnier à l'arme assassine du vulgaire quidam à l'inoffensif bâton. Elle les fuyait tous, encore que la curiosité, sa passion dominante, dût lui faire souvent courir les risques de rencontres périlleuses pour satisfaire à ses impétueuses exigences.

N'était-ce pas un de ces derniers jours, ensoleillés encore, qui rendent plus amère par leur beauté diaphane d'arrière-saison la perspective de l'hiver levant, qu'elle avait cédé autant au désir de voir qu'à celui d'écraser sous la raillerie et les coups de bec un hériditaire ennemi : chouette, grand-duc ou hibou, un hideux rapace nocturne, égaré, perdu, naufragé dans la lumière ?

Ah ! la belle ruée des oiseaux de jour contre cet ennemi commun jetant sinistrement aux échos des alentours ses lugubres appels de détresse.

Tous se précipitaient pour le voir, battant de l'aile,

ouvrant des yeux fous qui ne voyaient point et incapable de répondre aux furieux assauts de bec des ennemis. Il y avait un bruissement féroce d'ailes hétérogènes et cinglantes, depuis le crépitement léger des petits rouges-gorges, aux tui-tui colorés, sortis de leurs troncs d'arbre, jusqu'au ronflement sourd, prolongé en rumeur, des grands corbeaux voraces, qui, les griffes tendues, semblaient palpiter de désir à la pensée d'une chair à déchiqueter sous le pic solide de leurs becs.

Mais brusquement le cercle des oiseaux noirs s'élargit. Il y eut sur leur ligne de bataille un flottement. Sur un « coua » particulier de l'un d'eux, la bande disciplinée, docile au signal ou à l'ordre donné, s'abattit sur des chênes à quelque cent mètres du lieu d'appel, et, comme Margot elle aussi arrivait pour prendre part à la curée commune, un oiseau tomba sous le plomb meurtrier du chasseur pendant que l'air retentissait du tonnerre bien connu, que décidément les corbeaux battaient en retraite et que continuaient à tourner autour du nocturne artificiel les imprudents oiseaux qui tombaient à chaque coup sous les plombs de l'homme.

Elle avait échappé au danger.

La neige tomba, une poudrée légère dans le désœuvrement plat d'une soirée d'hiver, couvrant le sol d'un drap mince, troué aux endroits humides, et précisant dans l'aube du réveil, comme d'un coup de crayon lumineux, la joliesse ténue des dessins des rameaux.

Margot ne trouvant rien à manger partit rôder autour du village, derrière les haies des vergers et les murs d'enclos, pour chercher parmi les reliefs abandonnés par les humains la pâtée de ce jour. Sous l'abri des haies où la neige n'avait pu atteindre, des plaques de terre apparaissaient. Elle s'y précipita, lorgnant de côté les maisons fermées, aux portes closes barricadées devant le froid ennemi.

Un morceau de chair adorait bon parmi l'émiettement des mottes d'une taupinière. La bonne aventure ! Et, vlan ! un coup de bec pour le déjeuner du matin. Mais comme une réplique instantanée, aussitôt qu'elle eût touché ce bout de lard, traîtreusement enfilé dans une invisible tige de fer, deux gifles formidables, la souffletant de chaque côté du cou, l'étourdirent subitement en la retenant prisonnière.

Combien de temps passa-t-elle ainsi ?

Elle fut réveillée par un bruit sourd et un ébranlement du sol sur lequel elle gisait. Là-bas se dressait une formidable silhouette.

Alors elle se vit prisonnière, comprit le piège, l'amorce et s'arc-boutant violemment sur ses pattes, tirant de tous ses muscles, allongeant la tête et le bec dans le prolongement du cou, elle réussit à se dégager des deux cercles de métal qui la maintenaient. Au nez ahuri de l'homme qui accourait elle prit son vol, dédaignant le bout de lard devenu pourtant inoffensif, et s'enfonça avec des cris de peur dans l'horizon éblouissant de neige que faisait fondre peu à peu le tiède soleil de midi.

Elle venait encore de l'échapper belle et se promit bien d'être plus circonspecte à l'avenir, et de ne se jeter dans une aventure que lorsque l'exemple de ses sœurs l'aurait dûment avertie qu'elle n'y courrait aucun danger.

Mais, vraiment, ce matin d'hiver où la gelée blanche scintillait de feux varicolores au soleil levant, où la plaine flamboyait comme la surface d'un immense diamant aux innombrables facettes, où rien de près ni de loin ne pouvait faire soupçonner de piège et d'ennemi, comment n'aurait-elle pas, comme toutes ses compagnes d'ailleurs, accouru à l'appel de détresse d'une sœur souffrante ?

C'était peut-être comme au crépuscule de jadis, près de la mare maudite ; mais là, il n'y avait point d'eau ; nul arbre ne se dressait ; seule, au loin, derrière un épaulement de terrain, une fumée bleuâtre montait calme et droite dans le froid sec du matin.

Comme au bord de la mare, en effet, sans que rien lui pût faire deviner la cause d'une telle souffrance ou d'une telle détresse, une pie, le dos acculé contre une planche assez large, comme pour se protéger de l'humidité de la terre, agitait frénétiquement en l'air ses deux pauvres pattes en piaillant désespérément.

Et de tous côtés à la fois, de sa forêt et des bois

voisins, la gent de caquet vain accourait au rappel, moins pour porter secours à la compagne en péril que pour contempler le curieux spectacle qu'elle pouvait offrir à leur curiosité désœuvrée.

Les ailes fixées à la planche par deux doubles pointes invisibles qui lui causaient une atroce souffrance qu'aggravait encore l'horreur de sa position, les pattes et le ventre en l'air, la prisonnière, en proie à un vertige fou, comme si l'espace tout entier eût chaviré sur elle, le côté droit de la tête battant contre la paroi de la planche, sondait de son seul œil ouvert, agrandi par la souffrance et par l'effroi, l'abîme infini du ciel céruléen que ses sœurs emplissaient de leurs cris et de leurs tournoiements.

Peu à peu elles s'approchèrent de la captive, volant de plus en plus bas, et se posèrent enfin toutes autour d'elle, sautant curieusement, tendant le cou, allongeant le bec, et raccourcissant progressivement le diamètre du cercle qui les séparait de l'objet de leur curiosité. Bientôt, Margot, plus excitée que les autres, oublieuse de sa résolution passée, et ne soupçonnant rien, passa, repassa et sauta par-dessus la criarde dont les griffes des pattes se tordaient, s'ouvraient, se fermaient frénétiquement, comme cherchant un point d'appui où s'agripper pour reprendre la station droite.

Les autres pies approchaient aussi. Nulle n'y comprenait rien, et autour de la malheureuse c'était un caquet indéfinissable et énervant de commères, un entremêlement de corps, un enlacement de gestes, de sauts de côté inquisiteurs, et de coups d'œil ahuris.

Mais tout d'un coup, passant à portée des griffes de la captive et se penchant sur elle pour mieux voir et mieux juger, Margot fut saisie violemment au cou par les pattes de l'autre, qui se cramponna à elle de toute la force de ses nerfs, surexcités intensément par le désespoir. Un autre cri, un cri étranglé et aigu, le sien, répondit au cri de la prisonnière et leurs râles se mêlèrent en une cacophonie étrange dont les autres restèrent immobiles d'étonnement et silencieuses d'effroi.

Margot, à tout prix, voulut se faire lâcher, et comme ses râles étaient impuissants à décider la première à se dessaisir de ce grêle et mouvant point d'appui, il y eut entre les deux, sous les yeux ahuris de la tribu, un duel étrange et sinistre.

Les griffes de la prisonnière serrent à l'étouffer le cou de Margot, qui tire en arrière de toutes ses forces pour lui faire lâcher prise ; en vain. Ses pattes raidies par la colère et par le danger piétinent la terre gelée, et elle glisse et tombe allongée sur le poitrail de la compagne ; mais elle se redresse aussitôt, furieusement agressive, et cherche de son bec à demi perclus à lui percer la poitrine ou à lui crever les yeux. Elle ramène ses pattes libres dont elle enfonce les griffes dans le ventre de l'autre, en se rejetant en arrière dans l'attitude de l'effort le plus violent ; elle la piétine avec rage ; mais l'autre, comme insensible à ses coups, roidie par une idée fixe, serre toujours sa griffe de plus en plus fortement.

Margot s'étrangle, son œil devient rouge, son bec s'ouvre frénétiquement pour aspirer l'air qui manque à ses poumons, son cœur saute convulsivement, tandis qu'autour d'elle caquette et jacasse de nouveau la gente amusée maintenant de cette lutte farouche.

Les piaillements s'élèvent plus aigus, plus précipités, plus étranglés des combattantes, arrivées au paroxysme de la haine dans la défense réciproque de leur existence, quand, tout à coup, avec le déchirement d'air brusque des ailes qui prennent leur envol, un lourd silence tombe comme un ruissel de solitude sur les deux combattantes.

Un ennemi commun vient sans doute d'apparaître à l'horizon, et instinctivement, sans le connaître, pressentant l'homme, mais sans cesser de lutter avec rage contre son ennemie, Margot comprend qu'il faut l'éviter et se taire. Cependant l'autre continue de piailler de toute sa gorge, et bientôt surgit, distinct et brutal malgré l'éloignement, le danger appréhendé. Au loin, grandissant par degrés, énorme, monstrueux, l'humain approche, vingt fois plus haut que Margot, masse horrible, fantastique, dont les pas ébranlent le sol qui s'écrase en mottelettes, et font sur son passage destructeur un large sillon sombre entre les berges rutilantes des diamants évanescents de rosée, scintillant aux doigts fluets des herbes rases du gazon dégarni.

Il vient effrayant, rauque, soufflant comme un volcan son haleine chaude qui fume dans l'air glacé du matin, tel le tuyau de la cheminée de la chaumière ou la meule sylvestre du charbonnier de la coupe.

Il a sans doute un air effrayant, car Margot, se ressouvenant des dangers anciens, oublie la douleur de son cou meurtri dans le choc formidable de frayeur qui l'emplit toute à sa vue. Ah ! le corps étiré de l'oreillard, la chute inerte des sœurs sous le plomb cinglant : c'est un danger semblable qui la menace, et, sans comprendre la mort, elle la sent venir dans ce pas lourd qui s'avance vers elle.

Ses plumes ébouriffées, son œil fou lui donnent sans doute un aspect étrange, car l'homme, en la fixant de ses yeux froids, pousse un éclat de voix sonore, un rire terrible qui l'agite tout entier et centuple encore la frayeur dont elle est saisie.

Alors, il se baisse, et dans une poigne rugueuse, étau formidable autrement puissant encore que les griffes qui la retiennent, elle se sent prendre les pattes, perd l'équilibre et reste suspendue au-dessus du corps de l'ennemie, serrée violemment aux deux extrémités par les griffes haineuses de l'une et la pince chaude et implacable de l'autre.

Un cri qui est déjà un râle s'échappe de sa gorge. Elle croit que c'est l'instant fatal, et dans le désarroi précurseur de la mort, laisse pendre comme deux rames mortes ses ailes inutiles.

Mais, tout d'un coup, elle sent se desserrer la griffe geôlière sous un pouce musculeux qui s'introduit contre sa chair comme un levier tout-puissant. Elle respire enfin, elle n'est pas morte, sa tête est dégagée, son cou est libre. Elle n'est plus maintenant prisonnière que de l'homme seul qui la tient par les pattes en la regardant de cet œil fascinant, rond, fixe, lui montrant ce sourire insolent du vainqueur auquel elle ne comprend rien, sinon que sa situation est terrible et qu'elle ne reverra jamais sa forêt.

Alors, dans le sentiment violent de la conservation, elle essaie de lutter contre son geôlier, et de son bec conique aussitôt s'escrime de toutes ses forces sur les poings qui la maintiennent.

Mais les poings du braconnier sont durs comme les fûts des vieux chênes sous l'écorce desquels courent les insectes en été, et il répond à ses attaques furibondes et impuissantes par des éclats de rire sonores qui lui font redoubler encore les coups de bec dans l'énergie exacerbée de l'instinct conservateur.

Alors, comme s'il en était fatigué ou qu'il eût prévu ce manège, l'homme ouvre la porte grillée d'une grande cage qu'il a apportée avec lui et qu'il avait posée à terre, y jette brusquement Margot et referme aussitôt la prison.

Se précipiter contre les barreaux, s'escrimer du bec et des pattes, des ongles et des ailes, pour rompre cette muraille métallique qui la garde, passer les pattes au-dehors, se battre la tête aux barreaux, Margot essaie de tout, mais tous ses efforts sont vains ; rien ne bouge, rien ne fléchit, rien ne plie.

Et, ironique, au-dessus de sa tête, la main cynique et

terrible, invulnérable et hors de sa portée, balance par un crochet la prison mobile qui la transporte vers l'inconnu et vers la mort.

Les bruits les plus divers et les plus inattendus purent bien frapper son ouïe inattentive, elle n'y prit garde. Elle était dominée par une seule idée, s'enfuir : elle était occupée d'un seul but, rompre ou desserrer le fer des barreaux, et quand elle se vit entourée d'une haie fantastique d'humains elle ne sut jamais comment et avec quelle rapidité subite avait pu grandir et se multiplier cette horde formidable d'ennemis.

Elle était incapable de les distinguer ; ils se ressemblaient tous malgré leurs tailles différentes, leurs physionomies diverses et leurs costumes variés. Ils avaient tous pour elle la même odeur, ils frayaient avec son bourreau et se résumaient en une seule idée s'intensifiant : l'ennemi, le danger, la mort.

Le cercle des ennemis se mouvait avec elle ; il en sortait des tempêtes de cris, de rires, de paroles, effrayantes pour Margot, qui, ne comprenant rien au caquetage de ces gens, et chez qui, tout-puissant, subsistait seul l'instinct de conservation, estimait en une généralisation brusque que ces cris, se rapportant à elle, ne pouvaient signifier que le désir et la volonté de la mettre à mort pour jouir de sa chair : ainsi avait-elle vu faire jadis aux voraces corbeaux, s'abattant dans un tumulte fantastique de cris sur une charogne à demi décomposée de bête, et sur un lièvre blessé, cerné, achevé à coups de bec et dévoré sur place. Il en était sans doute ainsi pour elle, et tout cri, parole ou rire, échappé d'une gorge humaine, faisait plus fort battre, sous son habit noir et blanc aux longues basques, son cœur chaud d'oiseau jeune au sang vif.

Tout d'un coup, parmi un chaos confus, un tumulte violent d'odeurs étrangères, lourdes et chaudes, il se fit nuit autour d'elle, et ses yeux noirs, aux pupilles excessivement dilatées par l'horreur, furent comme blessés d'un choc de ténèbre.

Pendant quelques instants elle demeura ahurie sous le double effet combiné de ce déluge malodorant et de cette obscurité sinistre ; puis peu à peu elle s'accoutuma. Ce n'était pas la ténèbre de la nuit, c'était le demi-jour sale et gris de la cuisine villageoise, de la pièce quelconque d'une maison rustique devenue auberge par l'ambition rabougrie d'un paysan, rentré de la ville avec quelques sous et que la nécessité d'une distribution mal comprise oblige à transformer en salle de débit.

Au centre se dressait un robuste pilier de pierre avec de rustiques crochets en fer forgé, scellés à même dans la masse, aussi vieux que la bâtisse, auxquels pendaient des essuie-mains douteux ; dans deux coins, des tables basses où traînaient des verres à moitié vides, embués de vapeur, et d'un autre côté l'obèse poêle de fonte, au court tuyau, au nombril rouge, où un grand feu de bois, clairant vif, répandait par toute la pièce une chaleur rance. Enfin, dans le fond, du même côté que la porte, montait le tuyé, immense cheminée villageoise, de quatre mètres carrés de surface à la base, s'effilant en haut en tronc de pyramide, s'ouvrant et se fermant par deux planches articulées, formant sur le faîte une toiture mobile qui se manœuvrait du dedans au moyen d'une longue corde de chanvre, durcie et noirâtre, pendant près de la gueule d'un four de campagne où l'on cuisait le pain. Le pilier arc-boutait deux pleins-cintres perpendiculaires l'un à l'autre qui soutenaient les deux parois intérieures du tuyé ; les murs de la maison en formaient les deux autres.

Tendues transversalement, de fortes perches, sèches, noires et dures supportaient des jambons racornis, des alignements de saucisses, tandis qu'aux parois se faisant face deux gros crochets de fer, encastrés dans la maçonnerie, soutenaient deux immenses bandes de lard, demi-manteau d'un corps de porc, saigné récemment, et sous lesquels flambait doucement un feu parfumé de branches de genévriers.

Et au centre de tout ceci, rouge et grasse, parmi ses cuivres rutilants, sa vaisselle cliquetante sur un évier s'épanchant dans la cour, l'hôtesse, et, comme des satellites, l'hôte et deux enfants, un petit garçon et une fillette qui allaient devenir, à la suite d'une brève transaction, les maîtres de Margot.

Brusquement la cage fut jetée sur une table, à côté de verres sales où se voyait encore l'empreinte crasseuse des doigts des ivrognes, et cinq ou six personnages l'entourèrent aussitôt.

Il y eut de grands gestes de bras et de mains qui frappaient l'une dans l'autre, et que, plus effrayée que jamais, comme si elle eût assisté aux préparatifs de son supplice, Margot suivait de ses prunelles affolées, dilatées par l'horreur. Il y eut de petits doigts qui passèrent au travers des barreaux de la prison, et qui peut-être se voulaient apprivoiseurs et caressants, mais qui semblaient à Margot gros de menaces et la firent se jeter tout contre la paroi opposée de la cage, se demandant si elle ne menacerait ou ne frapperait pas à coups de bec ces griffes ennemies, plus frêles que les siennes et dépourvues de pointes offensives.

Mais la peur fut la plus forte : il y avait autour d'elle un tel tintamarre de verres qui se choquent, de têtes qui se renversent, de cous qui se gonflent, de bras qui s'agitent, de liquides qui s'engloutissent !

Ah ! cent fois, mille fois plus redoutables que les éperviers et les busards ces ennemis géants, aux ruses multiples qui auraient épuisé d'une seule lampée la flaque d'eau limpide conservée par le pas d'un bœuf dans le terrain humide et marneux du sous-bois, et dont une seule bouchée l'eût fait disparaître tout entière dans l'immense réservoir du ventre.

Et puis toutes ces choses qu'elle ne connaissait pas, qui lui semblaient hostiles : les couteaux effilés, éblouissants, dont elle voyait la lame si mince, complice de l'homme, fendre en deux sans effort les grosses miches de pain, les cuivres résonnant au moindre heurt, et sur la paroi d'un mur, accroché à un clou, le tuyau métallique bien connu, le fusil qu'elle avait vu jadis entre les mains de l'assassin de Lièvre et des sœurs imprudentes.

Mais, plus que tout cela encore, ce qui l'effrayait, c'étaient les masses épouvantables de ces gens qui vaquaient par la pièce ; ils semblaient monter du mystère et s'élancer dans l'espace ; c'était ce plafond énorme, fermé de toutes parts, qui pesait sur elle de toute sa masse et dont elle appréhendait obscurément la chute ; enfin une sensation d'écrasement qui l'affolait et lui faisait soit rentrer la tête dans le cou à chaque balancement des choses décrochées de la muraille, soit se musser dans le coin le plus reculé de sa cage au moindre mouvement de va-et-vient des hommes qui l'entouraient.

Malgré tout, dans ce désarrroi moral sans nom où l'avait jetée l'aventure, elle éprouvait une sorte de satisfaction relative à sentir entre elle et ses bourreaux la fragile palissade des tiges de fer. D'hostile, la cage devenait alliée et protectrice, car Margot ne pouvait attribuer la trêve dont elle jouissait qu'à l'impuissance où se trouvaient ses ennemis d'exécuter leurs desseins.

Elle devait vite revenir de cette opinion, mais en attendant, incapable de se rendre compte de la résistance que les barreaux pouvaient offrir à une attaque inopinée, elle se sentait dans leur sein protégée d'un écrasement qu'elle eût cru inévitable sans leur rempart ajouré.

Toute la journée se passa ainsi en mortelles inquiétudes, en transes continuelles, au milieu d'un défilé incessant d'ennemis qui répétaient tous le même geste, porter à la bouche le verre rempli, comme pour indiquer à Margot, dans un langage d'un symbole accessible, la destinée qui la guettait.

Pourtant, nul ne lui fit de mal. Les plus méchants se contentèrent de tourner la cage, ce qui causait à la pie des frayeurs indicibles, car elle ne pouvait deviner la cause précise de ce tremblement de sa maison. C'était sans doute une attaque à son asile, mais quelle attaque ? — Et elle croyait que c'étaient les murs qui tournoyaient, les hommes qui couraient, les tables qui se dressaient, les casseroles, les meubles qui se mettaient en branle pour l'engloutir et la broyer dans leur tourbillon criard et désordonné.

Enfin l'obscurité se fit. Brisée par la fatigue, par l'émotion et par la faim, la prisonnière, habituée à reposer plus tôt, ferma malgré tout ses paupières. Un vent frais d'air sur ses yeux les lui fit rouvrir subitement ; une main sombre planait sur elle qui la frôla et disparut avec un bruit sec de ressort qui clique. La porte de la cage avait été de nouveau ouverte par l'ennemi ; elle n'était pas en sûreté dans sa palissade de barreaux. Et, la tête ballottante, elle agitait avec ses dernières ressources d'énergie flageolante cette idée horrible, quand un jour factice, d'abord rougeâtre et fumeux, sembla trouer la pénombre, puis éclata en rayonnements vifs avec de grands îlots de lumière crue et des pans d'ombre violents qui faisaient des gouffres mystérieux où s'agitaient confusément des vies larvaires.

Les paupières de Margot, inhabituées, se fermèrent violemment sous cette clarté de lampes comme des rideaux insuffisants, une cretonne de chair mince à travers laquelle passait de la terreur filtrée par l'angoisse de sa première vision, et dans un cauchemar aussi long que dura la veillée elle eut la sensation confuse et atroce de forces tourbillonnantes, s'agitant autour d'elle, contre lesquelles elle était absolument impuissante à se défendre.

Puis ce fut tout de même la nuit et le silence et le sommeil. Ce sommeil fut un repos. Ce ne fut pas sans doute la douce béatitude des nuits d'été, à l'abri des vertes toitures élastiques, dans le voisinage pressenti des compagnes. Mais Margot ne faisait pas non plus partie des animaux supérieurs chez qui l'instinct conservateur, plus fort que le besoin de repos, fait veiller longtemps la bête, face à face avec le danger, attendant la défaillance dont elle profitera pour reconquérir la liberté perdue ; elle dormit donc et se reposa.

Éveillée avec l'aube, alors que tout reposait encore dans la maison, elle vit les choses sortir lentement de l'ombre ; elle put les contempler inertes, mortes au mur ou sur le sol, et faire entre celles-là qui ne se mouvaient pas et les humains qui s'agitaient une première classification ; les premières n'étaient pas des ennemies, elles avaient une vie semblable à celles de sa forêt, les vivants seuls étaient à redouter.

Après ce premier et long examen où la curiosité presque toujours l'emporta sur la frayeur, et aussi naturellement que si elle eût été dans sa forêt, sans songer d'où pouvait lui venir cette provende inattendue, elle attaqua indifféremment les graines connues qui traînaient dans sa cage, et d'autres choses inconnues, des friandises odorantes et tentantes : gâteaux, biscuits, sucre, qu'une main providentielle avait emprisonnées entre les barreaux.

Sur une petite tasse, pleine d'eau tiédie où surnageaient des poussières complexes, elle aplatit son cou presque horizontalement, ouvrit le bec au niveau du liquide, l'y plongea tout entier en l'entrouvrant selon un angle très aigu, puis releva vivement la tête pour déglutir l'eau ainsi puisée, dans un renversement du cou et un redressement du bec qui semblaient une contemplation du plafond ou une extase mystique, et elle recommença plusieurs fois de suite ; ainsi buvait-elle jadis aux flaques fraîches perdues aux combes marneuses des sous-bois de liberté.

Alors dans la semi-tranquillité des besoins primordiaux presque satisfaits s'associa dans son esprit cette première idée que les êtres bruyants et terribles qui l'entouraient n'en voulaient peut-être pas à sa vie, puisque seuls ils avaient pu, forçant la retraite et sans lui faire de mal, lui donner la nourriture dont elle avait besoin. Toutefois, craignant un piège ou une reprise, peut-être même une fuite de cette provende prisonnière au fer de ses barreaux, elle se hâta de dévorer tout ce qu'il en restait en entendant dans l'étable voisine le clairon criard des coqs et des aboiements de chien.

Elle connaissait les seconds, qui ne l'inquiétaient que médiocrement, n'ayant jamais eu à souffrir ni à se méfier de ces braillards à quatre pattes dont le nez, même dans leurs courses les plus folles et leurs enthousiasmes les plus frénétiques, ne quittait jamais le sol et dédaignait l'espace aérien où se passait sa vie ; mais elle appréhendait beaucoup le tintamarre des premiers qu'elle ignorait complètement. Et de nouveau la saisit l'angoisse de l'inconnu, quand, bientôt, des voix humaines avec des heurts et des chocs sourds retentirent derrière les murs qui limitaient la pièce.

Bientôt, dans un tumulte sabotant de pas pressés, l'homme parut. Pour Margot c'était encore l'ennemi, le semblable de celui qui l'avait capturée, car, même dans la suite, quand elle connut particulièrement tous ses hôtes, elle ne put jamais établir quel était celui qui l'avait transplantée du champ de givre, où elle râlait aux griffes de la compagne, à cette maison triste et enfumée.

Elle le regarda de côté, curieuse et défiante, le bec tendu, prête à la défense, et l'autre, en voyant qu'elle avait dévoré ses provisions, poussa une exclamation de gaîté sur le sens de laquelle se méprit la prisonnière car les plumes de son cou se hérissèrent et son œil noir, en s'agrandissant, brilla plus intensément.

Alors l'ennemi ressema du grain dans la cage et mit de nouvelles sucreries entre les barreaux, tandis que

Margot, ahurie et enflant son aile, reculait vers le côté opposé, le bec fixé vers lui.

Puis il se mit à sa besogne, et, tout en vaquant, le balai à la main, aux soins de propreté de la cuisine, du coin de l'œil il surveillait la pie, pour voir si elle ne toucherait pas aux friandises qu'il lui avait renouvelées. Margot n'y songeait guère ; elle voyait des nuages de poussière s'élever et s'enfuir devant le balai de l'homme qui la guettait ; elle sentait peser sur elle la question de ses regards louches ; elle se croyait le but de ses efforts et de son travail et faisait des recherches louables pour déduire logiquement, des faits et gestes qu'elle lui voyait accomplir, l'idée qui pût se rattacher à son sort.

Deux idées directrices se combattaient dans sa cervelle : les mouvements et les bruits de l'homme lui étaient-ils favorables ou hostiles ; ou, pour être plus précis, car les deux idées qui la hantaient étaient bien définies et nettes, l'homme voulait-il la remettre en liberté ou la tuer ? car Margot ne songeait pas qu'il pût y avoir entre les deux de solution moyenne, n'ayant jamais vu de captif et n'en ayant jamais fait.

Son séjour en cage lui paraissait donc une situation passagère, mitoyenne, une sorte de station avant d'être rendue à la liberté première ou mise à mort.

Et aussitôt l'espoir lui vint que l'homme la remettrait en liberté puisque, déjà longtemps, il l'avait laissée tranquille et lui avait même donné la provende, dont manquaient là-bas, par la forêt dénudée, les sœurs libres et maigres.

A ce moment la porte de la chambre tourna de nouveau et la femme fit son entrée. La question se compliquait, les regards de Margot se portèrent alors alternativement de l'homme à la femme, cherchant à distinguer ces deux êtres de même structure, qui lui paraissaient identiques, et recherchant si elle devait plus se défier du premier que du second.

Son odorat et son ouïe, son odorat surtout, lui firent augurer favorablement de la bénignité du deuxième, car la femme ne sentait pas le tabac et, encore que sa voix fût désagréable et criarde, elle se rapprochait un peu, par le timbre, de celle des êtres de sa gent, moins rude et moins rauque que celle du mâle. Mais, quand les enfants parurent, ce fut à leur taille plus rapprochée de celle du niveau de la table qu'elle les jugea différents des premiers. Elle n'était pas obligée de lever le bec pour suivre leurs yeux et elle n'avait pas à craindre qu'ils tombassent sur elle pour l'écraser.

Ce fut ainsi qu'elle commença à connaître les êtres et les choses domestiques. Les enfants vinrent pépier autour de sa cage, l'appelant de vocables adoucis et caresseurs qu'elle écoutait le cou tourné de côté avec une allure féminine un peu coquette, lui passant à travers les barreaux de petits morceaux de biscuit et de gâteau, auxquels, de temps à autre, elle donnait un coup de bec rude et précipité, qui faisait cascader le rire dans leur gorge, à son grand ébahissement.

Mais comme ils ne cherchèrent pas à lui faire de mal, pas plus d'ailleurs que les autres humains qui, dans la journée, vinrent s'asseoir à table, choquer le verre, crier et rire et se secouer, elle eut vite confiance en les gens de la maison et, vers la fin de la journée, acceptait presque toutes les friandises qu'on lui tendait à travers les barreaux. Gavée depuis le matin, elle les touchait à peine pour y goûter, et les laissait retomber au pied de l'écuelle où tiédissait son eau, les mettant peut-être en réserve par on ne sait quel instinct qui ne s'était jamais manifesté dans ses heures de liberté et qui naissait sans doute de l'inquiétude sourde, de l'irréductible méfiance envers l'homme, écloses avec la captivité.

Plusieurs jours consécutifs ce fut ainsi, une accoutumance lente et calme aux êtres et aux choses, dans l'attente d'une délivrance qu'elle espérait toujours prochaine et dont elle manifestait le désir en cognant à coups de bec aux barreaux de sa prison.

Elle connaissait maintenant tous les habitants du logis ; elle avait appris à distinguer les enfants à leur odeur particulière, à leur costume aussi, et se livrait à chacun d'eux selon le degré de confiance qu'il lui avait inspiré, moins par ses intentions personnelles à son égard que par ses attributs particuliers : odeur, voix, vêtements, gestes, taille. Elle se fiait plus à son instinct qu'aux apparences. Elle préférait la petite fille, plus douce, et sa mère, au petit garçon turbulent et vif, et surtout à son père, à l'organe tonitruant, puant le tabac par tous les trous de son tricot et soufflant une fumée qui l'empestait, plus désagréable encore que celle dont ses narines avaient été offusquées le jour où son sang perla rouge aux mailles touffues de son gilet bigarré.

Elle attendait inlassablement sa délivrance à laquelle elle croyait de toute la force de son amour de la vie, décuplée de la confiance lentement acquise en ceux qui l'entouraient.

Elle vécut bientôt dans une sorte de fièvre qui lui faisait interpréter dans un seul sens et déformer, selon le besoin créé par son désir, les actes les plus ordinaires qu'elle voyait accomplir, ceux mêmes auxquels elle s'était déjà habituée et dont elle avait saisi la signification. L'instinct de liberté, bouillant en elle, dominant tout, renversait les associations d'idées qui auraient dû être stables. D'un autre côté, les geôliers interprétant en résignation à son sort cette vivacité inaccoutumée, cette légèreté sautillante, ce babillage frénétique, sóngeaient à réaliser enfin leur désir, et à donner à la vie de Margot et à sa situation dans la famille sa position définitive.

Il y avait donc un malentendu, une incompréhension réciproque, créant un état extrêmement dangereux pour la captive, qui précipitait sans le vouloir un dénouement fatal.

C'était un après-midi morose de fin d'hiver, un temps de dégel qui confinait tout le monde à la maison, dans la paix somnolente des chambres chaudes, tandis qu'au-dehors le paysage se dénudait, sale, gris, cinglé de pluie, fouaillé de vent, et semblant tituber de spleen comme un ivrogne qui reprend sa marche après avoir dormi dans les fossés du chemin.

Il y avait de l'ennui qui cernait la maison, qui assiégeait les êtres, qui filtrait au travers des murs : l'angoisse des changements de saison résonnant en coups sourds aux cœurs des humains, et que Margot égayait de ses sauts saccadés et de son babil fiévreux, ce qui décida ses maîtres à agir.

Bientôt, une main qu'elle jugea libératrice ouvrit la porte de la cage, et déjà Margot se précipitait sur l'ouverture, quand cette main, comme celle du braconnier de jadis, étendit toute grande sur elle la menace de sa quintuple pince de chair musculeuse et perfide.

Margot battit en retraite au fond de la cage, mais la main l'y suivit, volontaire et terrible, et bientôt elle plana sur son corps comme un oiseau de proie qui va fondre sur sa pâture. Le temps de lever le bec et de la voir et elle s'abattit en effet brutale et puissante, l'entourant comme une sangle épaisse, lui serrant le poitrail et le dos, et l'attirant au-dehors malgré sa résistance dans une cascade de l'eau du bol renversé et un basculement de la cage qui s'écroulait sur le sol.

Mais alors Margot, de grands coups d'ailes impétueux et brusques, de coups de bec et de coups de griffes, simultanés et violents, se fit lâcher par l'homme, et, prenant son vol d'un rapide coup d'aile, se précipita vers la lumière et vers la liberté.

Un choc violent, une meurtrissure au bec, une

blessure au poitrail, et elle s'abattit sur un évier humide, parmi un tintamarre fantastique de vaisselle renversée ou cassée pendant que la main, plus rude et plus brutale, s'abattait de nouveau sur elle et la serrait frénétiquement.

Margot ne savait pas ce que c'était que la fenêtre et les vitres transparentes qui dressaient un obstacle infranchissable et traître entre le jour libre et la prison. Elle s'était précipitée contre le verre qui avait résisté au choc, et, dans l'étonnement d'un pareil résultat, laissant ployer ses ailes, elle s'était abattue lourdement.

Maintenant, l'homme furieux la tenait, la serrant violemment comme pour l'étouffer, et Margot, comprenant qu'on lui refusait la liberté, crut que sa dernière heure était venue.

Elle se débattait de toutes ses forces, essayant de griffer de ses pattes les mains solides qui l'emprisonnaient, mais elle se rendait bien compte que ses efforts, comme jadis dans la plaine fatale, seraient vains, et elle frémit de toutes ses plumes quand elle vit luire, aux mains de la femme, des ciseaux brillants qui s'ouvraient comme un bec éclatant et perfide et se refermaient avec un sifflement sinistre.

Ce bec allait la dévorer.

Elle fut retournée, comprimée, immobilisée, dans des mains anonymes, et presque aussitôt elle sentit au croupion une douleur atroce, comme si, prises dans un engrenage implacable, les grandes plumes rectrices de sa queue, le gouvernail sûr de son vol, eussent tourné dans leurs alvéoles avant de s'arracher.

Puis ce fut aux rémiges : successivement elle sentit s'engourdir, sous d'effroyables pincements, son aile droite et son aile gauche, puis elle entendit des crissements secs, accompagnés d'un petit bruit crépitant de choses légères qui tombent.

En même temps, à demi étouffée par la poigne de l'homme, elle râlait lugubrement comme une poule saignée, dans les derniers sursauts de l'agonie. Elle attendait le coup final, sans se douter de ce qu'il serait, sans savoir, dans l'angoisse indicible d'une douleur plus aiguë encore que celle qu'elle venait d'éprouver.

Et voilà que, brusquement, sans savoir pourquoi, bien que fût touours vive la douleur des plumes secouées dans sa chair, l'étreinte se desserra, et elle se trouva posée, ahurie, sur un coin de table, entourée du rire ironique et gouailleur, qu'elle ne comprenait pas du reste, des gens de la maison et des hôtes passagers du cabaret.

Alors, sans se rendre compte de ce qui s'était passé, elle bondit en éployant ses ailes pour filer de nouveau et quand même, à tire-d'aile, vers la fenêtre ; mais ses ailes impuissantes, au contraire de l'accident de la mare, ne la soulevèrent pas ; elle retomba lourdement sur la table, aux éclats de rire plus violents de ceux qui l'entouraient. En vain, et pendant longtemps, battit-elle ses deux moignons rognés, son corps ne se soulevait plus. Seules, ses pattes restées solides exécutaient le saut préliminaire, qui, si gracieux d'habitude, était ridicule et grotesque, et la pauvre mutilée agitait en vain sa tête, ses pattes, son corps, son cou, comme si elle essayait une danse douloureusement risible, sans autre résultat que de provoquer un déchaînement régulier et criard de rires exaspérants.

Alors elle se rendit compte que quelque chose était changé, qu'un abîme venait d'être creusé entre elle et la liberté, qu'elle ne pourrait plus ni voler ni s'enfuir, qu'elle était irrémédiablement captive, et comme si un violent désespoir se fût emparé d'elle, elle s'enfuit vers sa cage fermée où elle ne put entrer, tourna autour, se blottit derrière contre les barreaux, enfouit sa tête sous son aile rognée, et refusa obstinément de manger, de boire et de bouger pendant tout le reste du jour.

Les gens autour d'elle défilaient comme des visiteurs auprès d'un malade, s'enquérant, parlant gravement. Indifférente, abîmée dans sa douleur, elle les laissait passer et dire sans autre geste qu'un hérissement frissonnant et comme frileux des plumes, marquant, avec la vie, qu'un immense désespoir de bête agitait là ce pauvre corps désemparé et mutilé.

Mais chez Margot, jeune encore, les sensations étaient fugaces, les sentiments à fleur de cervelle, et après le sommeil de la nuit, car elle dormit malgré tout, elle avait non pas oublié complètement son sort et sa captivité, mais dilué en partie son désespoir dans le besoin de l'appétit à satisfaire et le souci de sa sécurité.

Elle mangea donc aux gâteaux et aux friandises qu'on lui présenta ; elle but dans la tasse l'eau fraîche qu'on lui versa et, de table en table, de chambre en chambre, promena en sautillant une douleur qu'abolissait progressivement la curiosité incongrue dont elle était affligée.

Elle examina tout avec un soin qu'on eût dit méticuleux : mais qui pourrait être sûr de savoir sous l'angle de quels besoins elle jugeait des choses ? Il y avait certainement celles qu'on pouvait manger, puis les objets brillants qui l'attiraient, par un sentiment instinctif de malsaine et irrésistible curiosité, enfin la plus grande partie qui ne l'intéressait que par leur nouveauté et vaguement, selon l'instant, la place qu'ils occupaient et l'utilité toute spéciale qu'elle en tirait momentanément.

Elle affectionna bientôt particulièrement la table d'où lui tombaient les bons morceaux, la table où brillaient les couverts de métal, l'acier des couteaux, les couleurs vives et chaudes des vins et des liqueurs, les reflets de lumière aux ventres des soupières.

Pendant les repas, elle tournait autour des convives, le cou tendu de côté, la tête penchée obliquement pour suivre les mouvements qu'ils faisaient, et écouter si l'un d'eux ne la convierait pas à recevoir le relief attendu. Elle avait assemblé assez vite à l'idée de plaisir sensuel, c'est-à-dire de mangeaille, les deux syllabes de son nom, Margot, et quand elles retentissaient, on la voyait, la tête tournée, fixer avec une rigoureuse exactitude, selon une perpendiculaire à son trou auditif, la direction de celui qui l'appelait et y sauter et y courir, les moignons étendus pour faciliter sa course et accélérer son allure.

Elle était là autour, avec le chien Miraut, qu'elle ne craignait pas beaucoup, le chat Mitis, aux allures doucereuses, aux oreilles extrêmement mobiles, aux narines palpitantes, à la queue perpétuellement en mouvement, dont elle redoutait la griffe acérée, encore qu'il y eût entre les deux un pacte de tolérance tacite, conclu à la suite d'une violente querelle, où ils avaient appris mutuellement à respecter, l'un les griffes de l'autre, le second le bec solide de la première.

Alors les jours commencèrent à défiler monotones et gris parmi l'abondance d'une nourriture savoureuse et variée, tandis que la grande douleur désespérée du début s'en allait peu à peu, sous la double influence déprimante de la chaleur lourde, étourdissante, de l'intérieur enfumé et des digestions laborieuses d'un perpétuel festin.

Le dehors, la rue, le soleil lui étaient encore interdits, mais elle les avait presque oubliés, et, seul, un instinct sommeillant lui faisait encore, à chaque réveil, battre les moignons comme pour l'essai d'un vol interdit et l'espoir d'une liberté perdue.

Elle connaissait les coins paisibles de la cuisine, le retrait derrière le poêle auprès du cendrier de pierre, sous la gueule du four où l'on cuisait le pain ; elle savait les endroits d'où elle pouvait narguer Mitis et agacer

Miraut sans craindre la griffe du premier et la dent du second.

D'ailleurs ses agaceries avec Miraut ne dépassaient jamais la limite des plaisanteries permises entre bons camarades. Celui-ci, lors de leur première rencontre, l'avait flairée longuement, la bousculant même un peu du museau avec des frémissements de mufle, qui, pour quelqu'un d'averti, décelaient des nuances d'impressions très délicates. Sur quoi il s'était fait un jugement et un sentiment : quelque chose comme une indifférence ou plutôt une passive pitié pour cet être sauvage, prisonnier, déchu, pas même bon à manger et parfaitement incapable de lui nuire.

Miraut, en tant que chien courant, n'affectionnait que la chasse du gibier à poil, ou, faute de mieux, comme pis-aller, une pointe en coups de gueule sur un piétinement frais de perdrix et de cailles. Quant aux grives, merles, pies ou autres oiseaux des bois, fi ! ce n'était pas digne de son nez.

Aussi maintenant, quand un excès d'ennui ou un débordement de bonne humeur se manifestaient chez Margot, elle allait furtivement par-derrière saisir dans son bec le bout de la queue du chien qu'elle pinçait légèrement, puis s'enfuyait en sautant et revenait, tandis que Miraut, pas très ennuyé au fond, ni fâché, lui tournait obliquement un gros œil rond, poussait un grognement, ou d'un geste brusque la menaçait de sa dent, sans jamais lui faire le moindre mal, ainsi qu'il agissait d'ailleurs avec les enfants auxquels il était habitué.

Margot ne se permettait pas de ces plaisanteries avec Mitis, et si par hasard un conflit surgissait pour l'attribution d'un morceau, elle battait prudemment en retraite après avoir dûment envoyé, pour la satisfaction de son amour-propre, quelques bons coups de bec à son ennemi.

Elle appréhendait beaucoup les buveurs dont les grosses mains l'effrayaient, et, en général, n'aimait pas qu'on l'empoignât, car, chaque semaine d'abord, chaque quinzaine plus tard, l'homme recommençait avec les ciseaux, dans la crainte d'une évasion problématique, la première opération qui avait définitivement fermé à Margot le chemin des airs. Aussi, quand elle le voyait saisir le bec de métal brillant qui sifflait, commençait-elle à se cacher partout où elle se croyait introuvable ou inaccessible : sous les meubles, dans les coins obscurs et étroits, jusque dans le sommier à ressorts du lit où, pour l'atteindre, il avait fallu bousculer la literie et créer par toute la pièce un désordre fantastique, un remue-ménage impossible.

Ç'avait été ensuite une poursuite éperdue dans la maison, car, se voyant découverte et sur le point d'être saisie, Margot avait cherché son salut dans la fuite, et ce ne fut qu'après un quart d'heure d'une course désordonnée qu'à bout de forces, le cœur sautant, elle s'était laissé saisir par la fillette dont elle escomptait moins de brutalité et plus de pitié. Mais la petite l'avait dû remettre à l'homme, et ce jour-là, comme les autres, Margot subit son sort : l'opération douloureuse et offensante des ailes racourcies.

Cependant le printemps venait. Par les fenêtres, le soleil, forçant les voiles de buées, entrait dans les pièces de la maison, faisant danser autour de ses rayons des sarabandes de poussières, illuminant les vieux cadres dans lesquels s'empourpraient des chromographies violentes, jouant avec les surfaces polies, se reposant complaisamment aux ventres des bouteilles, aux panses des soupières qui luisaient comme des joues rebondies d'ivrognes enluminées par le vin.

Ce jour-là, Margot fut plus vive, plus sautillante plus fiévreuse ; souvent elle sauta jusqu'à la fenêtre, tâtant du bec, sans y rien comprendre, les vitres rigides et respirant par tous les pores cette chaleur naturelle dont elle était sevrée depuis si longtemps.

Elle n'avait jamais osé sortir par la porte, car chaque fois qu'une poussée violente l'ébranlait dans un bruit sourd, s'encadrait en même temps, dans son chambranle, la face, pour elle rébarbative, d'un client dont elle se défiait toujours et dont elle craignait la masse pesante, s'ébranlant, en faisant trembler sur leurs étagères les tasses, les verres et les bouteilles dans un tintement étouffé et comme peureux.

Peut-être que les choses avaient peur aussi, puisqu'elles murmuraient et frissonnaient lorsque l'humain s'approchait en martelant le sol de ses gros souliers garnis de clous.

C'était par la fenêtre qu'elle voulait sortir ; un midi de mai ensoleillé, elle lui fut enfin ouverte.

Quand elle fut sur le rebord extérieur, changeant brusquement d'atmosphère, passant de la lourdeur maladive et empuantie de la cuisine à la pureté et à la fraîcheur printanières, elle éprouva une sensation analogue à celle qu'elle avait ressentie jadis en s'engouffrant dans la maison.

Déshabituée de la lumière, de l'air vif, de l'espace infini où elle voguait jadis, elle eut, en y rentrant, un éblouissement, une peur instinctive de revoir un monde oublié, lointain, presque étranger.

Mais cette sensation ne dura pas ! Tout au fond de son cœur restait trop vivace l'amour des espaces et l'instinct sauvage, c'est-à-dire l'instinct de vivre sa norme au milieu des semblables et non parmi des étrangers.

Une réminiscence venue des tréfonds de l'être, comme une grande vague d'équinoxe sauvage, balaya tout le passé, et ses ailes frémissantes s'ouvrirent largement pour l'essor et la fuite vers la forêt.

Lourde, elle retomba sur le sol, étourdie du choc qu'elle n'avait pu prévoir, se souvenant de sa situation que l'enthousiasme grisant lui avait fait oublier, et sentant sourdre en elle un désespoir immense contre lequel elle voulait lutter. La forêt était au loin, dans la direction du soleil ; elle le sentait intensément ; elle irait tout de même, courant sur ses pattes, battant des moignons et serait libre. Et elle partit !

Mais elle n'avait pas fait dix sauts que le brouhaha de la rue et le mouvement fantastique des masses l'épouvantaient. Des animaux qu'elle n'avait jamais vus de près ni d'en bas, des chevaux et des bœufs, traînant derrière eux des fracas assourdissants de ferraille, se mouvaient, criaient, menaçaient ; des hommes aux gestes cinglants, aux cris aigus, les accompagnaient ; des gamins lançant des cailloux convergeaient vers elle en hurlant : partout il y avait danger, menace d'écrasement et de mort. Le cercle sans cesse renouvelé qui lui barrait la route était infranchissable, la mort l'y guettait, les gamins lui jetaient des pierres qu'elle évitait à grand-peine, et se rapprochaient ; il fallait au plus vite battre en retraite vers la sécurité. Ce fut une douleur atroce pour elle ; elle rentra, et, morne, désespérée, courut se cacher sous la gueule du four, près du cendrier où elle resta tout le jour, immobile et aussi désolée que l'après-midi où le maître lui avait rogné les ailes.

Avec le sommeil pourtant s'assoupit la douleur, et le lendemain, attirée par une invincible force, elle revint se percher dans l'embrasure de la croisée, défiante et résignée, observant avec soin le champ de liberté restreint dans lequel elle pourrait, à l'avenir, évoluer sans péril.

L'entrée de la maison ne donnait pas directement sur la rue ; une petite ruelle, comme un large sentier, resserrée par deux bâtiments, et entre les cailloux de laquelle se dressaient des touffes d'herbe fine et robuste, y conduisait. Mais devant la porte, entre la maison et un vaste hangar ouvert à tous les vents, sauf du côté qui faisait face à l'entrée, s'étendait une cour assez grande, à peine sablée, givrée d'herbe rase par endroits et barrée au nord par un gigantesque fumier, suintant un sang brunâtre, dégouttant dans des rigoles noires qui l'entouraient comme des fossés d'un ancien château féodal.

Sous la fenêtre où elle était, un gros tronc à peine équarri, équilibré sur trois pieds rustiques, serrait entre ses fibres comme une minuscule croix byzantine l'enclume à chapeler les faux ; elle y sauta pour gagner sans encombre le sol, et ne voyant pas dans cette première aventure de danger immédiat.

Alors, elle évolua avec soin par toute la cour et le hangar, sondant les trous, retournant les petites planches, remuant les cailloux, puis sautant par bonds successifs pour arriver à se percher sur une échelle de voiture, afin de pouvoir contempler d'assez haut, et de points de vue divers et variés, le paysage où elle aurait à vivre ses jours et se familiariser le plus vite possible avec les choses qu'il fallait se concilier.

Mitis, assis sur le seuil de bois, usé au milieu par le baiser claquant des sabots, par la morsure des gros clous de brodequins, les oreilles horizontales, épiant sans en avoir l'air les bruits de l'intérieur, la regardait faire avec indifférence.

Le clairon du coq l'effraya tout d'abord au point de la faire se cacher derrière les tas de bois du hangar ; mais voyant, au bout d'un certain temps, qu'elle n'était pas poursuivie, elle sortit, et, ayant reconnu la cause de ce vain tintamarre, elle demeura quelques instants tout étonnée qu'un oiseau si petit pût pousser des cris si compliqués et si perçants.

Elle l'examina longtemps, croyant à une fumisterie ou à une traîtrise comme l'appeau du chasseur ou le grand-duc articulé. Elle tourna autour de Chanteclair, qui, grave, la crête en cimier, les barbillons écarlates au vent, la regardait d'un œil indifférent, comme n'appartenant point à son sérail.

Quand elle se fut bien rendu compte qu'il était réel et vivant, elle demeura un peu ahurie, et pendant longtemps elle ne s'en approcha qu'avec appréhension comme d'un être bizarre et énigmatique.

Ce ne fut que plus tard, quand elle eut bien observé ses gestes et compris sa vie, qu'elle l'engloba dans la même dédaigneuse colère dont elle enveloppait les êtres de sa gent.

Elle vécut dès lors moitié dans la cour, moitié dans la maison, se promenant, farfouillant, observant ce qui se passait au-dehors, clignant de l'œil vers la rue, cherchant gravement sous les petits morceaux de bois, se perchant aussi haut que possible et guettant les moineaux qui l'agaçaient par un sentiment complexe et un peu trouble de jalousie indéfinie à les voir voleter librement, et de mépris à les sentir, de bon gré, s'approcher de l'homme. Elle cherchait à les assommer en leur flanquant de grands coups de bec, mais les autres ne s'y frottaient point et, s'ils ne craignaient guère les poules, ils l'évitaient avec soin.

Elle n'osait trop se risquer avec Chanteclair ni avec les gélines qui lui paraissaient de taille à soutenir ses querelles ; d'ailleurs, elle les voyait prisonnières de l'homme, et n'avait pas encore à ce moment contre cette race, comme contre les moineaux, des mobiles de haine nettement précisés.

Mais au fur et à mesure que le soleil devenait plus chaud, l'air plus odorant, que les arbres verdissaient, quelque chose comme une vague saoulerie montait en elle, la troublait, et se manifesta bientôt par d'inexplicables colères contre les poules qu'elle voyait se rouler dans la poussière, égratigner le fumier et s'enfuir devant le coq. Qu'est-ce donc qui pouvait susciter en elle cette haine froide et grandissante ? Les poules n'étaient pas libres et ne lui disputaient pas, comme Mitis, les reliefs friands tombés de la table des maîtres. Non !... Elle les laissait cependant tranquilles, se contentant de les regarder de travers quand, un matin, subitement, cette haine prit corps et accusa nettement ses mobiles obscurs et inconscients.

Comme chez tous les oiseaux des bois, comme en presque toutes les bêtes, le renouveau chantait dans les veines de Margot et fouettait son jeune sang. Si elle eût joui de la liberté, elle eût goûté comme ses sœurs agaces, sur les branches des futaies ou sous les arceaux de feuilles, les joies d'un écrasement total sous d'amoureuses chevauchées ; elle eût suscité des convoitises de mâles, des combats à coups de bec, et subi le vainqueur, heureuse, dans l'équilibre instable de l'accointement sur une branche fleurie.

Elle n'avait jamais éprouvé en elle cette sensation voluptueuse qui fait rechercher la présence du mâle, pépier d'amour pour l'appeler, et, sans souvenirs précis, sans exemples enseignants, ne ressentait, loin de son milieu natal, que le trouble propitiatoire à la chevauchée nuptiale qu'eussent précisé l'expérience des compagnes et la rivalité des galants faisant des grâces alentour des belles.

C'est pourquoi, observant Chanteclair tournant autour de Picorée, et pressentant un plaisir inconnu dont elle était injustement sevrée, sentait-elle en son être une âpre jalousie inconsciente qui n'attendait qu'un événement pour éclater.

Dévalant du fumier dans un ébouriffement de plumes comme si Picorée eût dû refuser l'hommage qu'il ne voulait devoir qu'à sa seule violence, il s'élança la tête horizontale, le cou tendu, les ailes éployées pour diminuer sa pesanteur, dans la direction de sa compagne qui se mit à fuir à toutes jambes.

La course fut brève. Se sentant atteinte, et rassurée déjà sans doute sur le sort qui l'attendait, la géline s'affaissa sur ses jarrets, partageant en deux, au centre du croupion, les plumes de sa queue qui s'éploya en éventail horizontalement.

Chanteclair lui sauta lourdement sur le dos, crispant les pattes, hérissant le col, lui pinça fortement dans son bec, comme pour un baiser mordant, les plumes du cou et baissa l'arrière-train. Un instant après il se redressait faraud, l'œil papillotant, le cimier haut, cambrait le col, et repartait dédaigneusement, tandis que Picorée, étourdie encore de l'aventure, se secouait comme une dame qui vient de salir sa jupe dans une équipée qu'il est préférable de tenir cachée, et du bec redonnait à ses plumes froissées le lustre qu'elle jugeait indispensable.

Elle en était là de ses travaux de toilette quand Margot, qui avait curieusement observé tout leur manège, folle de colère et de jalousie instinctives, s'élança sur elle à toutes jambes. A grands coups de bec elle commença de larder Picorée abasourdie, laquelle, n'y comprenant rien, stupide et poltronne, s'enfuit devant l'ennemie qui s'acharnait dans sa poursuite et ses coups de bec et ne s'arrêta qu'épuisée elle-même par cette rossée fantastique.

Toutes les Picorées de la basse-cour éprouvèrent en moins d'une semaine la solidité du bec de Margot et la résistance des muscles de son cou. Elle avait l'air de se promener ou de jouer indifférente, et, au moment où elles s'y attendaient le moins, leur bondissait furieusement dessus, s'éreintant à les poursuivre et à les frapper dans la joie d'apaiser un impérieux et primordial besoin.

Elle mettait même à les rattraper un acharnement

particulier, cherchant à les acculer dans quelque coin où la bestiole ahurie, désemparée, se laissait cogner en hérissant ses plumes, garant sa tête et poussant de petits gloussements étranglés de douleur et de crainte, sans songer, dans sa stupidité de bête désarmée de sentiments courageux par un long esclavage domestique, à résister à une attaque aussi audacieusement décisive.

Tout serait bien allé et les victoires particulières sur les Picorées auraient pu durer longtemps, si, certain midi, au moment où, rassemblées en tas, elles becquetaient le grain que la main de la patronne venait de leur épandre, Margot n'avait voulu continuer ses exploits et s'attaquer à l'une d'entre elles. Mal lui en prit. Sentant sa force, toute la gent géline rassemblée, épousant la cause de la sœur, tomba à cols raccourcis sur Margot, et se mit en devoir de lui rendre en bloc, et généreusement, les coups de bec qu'elle leur avait précédemment distribués. Ce fut un beau tumulte; les têtes se redressèrent, abandonnant le grain, les plumes se hérissèrent, les ailes s'enflèrent, et des piaulements précipités et brefs de colère s'exhalant de tous ces becs tendus en avant firent un vacarme de caquets indescriptible.

Fortes de leur nombre, de leur solidarité reconnue, le cou baissé elles s'élancèrent, cognant de toutes leurs forces sur Margot qui, devant cette horde menaçante, battit précipitamment en retraite. Mais la troupe colère la suivit, et, cognant d'un côté, tapant de l'autre, lui arrachait des plumes et lui trouait la peau.

La porte de la maison était ouverte. Elle s'y engouffra, entraînant à sa suite toute la bande furieuse, ivre de colère, assoiffée de vengeance, qui l'eût infailliblement mise en pièces si les hommes ne s'étaient brusquement levés devant cette invasion subite et n'avaient mis en déroute le troupeau gloussant.

Dès lors, Margot ne se frotta plus à Picorée.

Les jours de pluie elle faisait les délices des hôtes du cabaret, qu'elle égayait par ses mouvements vifs, ses recherches grotesques et ses petits cris perçants.

Elle prenait tout ce qu'on lui jetait, comestible ou non, et, selon le caprice de l'heure, le mangeait ou le cachait dans quelque coin, sous son bout de planche ou un caillou léger. Il n'y avait plus maintenant dans la cour de morceau de bois qui ne recelât quelque morceau de pain, de sucre ou de pomme de terre, même des sous, ce qui procurait de temps à autre aux bambins de la maison de bien agréables surprises. On se demandait pourquoi ces cachettes dont profitaient les poules, car rarement elle les revenait visiter, n'ayant jamais faim, et les petites pièces de monnaie, peu brillantes, ne la charmaient pas outre mesure.

Mais les couverts d'argent, les ciseaux d'acier, la montre de l'homme la séduisaient ; par une prescience étonnante, elle sentait que ses hôtes l'auraient corrigée s'ils s'étaient aperçus qu'elle les dérobait ; aussi épiaitelle l'instant où elle serait seule pour, par un sentiment de possession exclusive, une avarice particulière, voler et cacher les choses brillantes qu'elle désirait. Elle vola ainsi plusieurs couverts d'argent qu'elle transporta dans un grand trou, au fond du hangar, derrière une haie défensive de fagots, où elle apporta dès lors tous les objets un peu brillants qu'elle put dérober. Ce fut ainsi qu'elle suscita un jour, sans le savoir, une rixe qui faillit devenir tragique.

Elle rôdait sous les tables, un après-midi brumeux, désœuvrée, cherchant parmi les choses quelque motif de jeu ou de chicane, se garant des pieds des buveurs qui tuaient là le temps en vidant des verres et contant des histoires.

Ils étaient là quatre ou cinq autour de la table ronde, les coudes sur un tapis de toile cirée, éclaboussé de vin, gueulant et riant, très excités, presque ivres, choquant les verres et les bouteilles, et ayant déjà vingt fois failli se prendre aux cheveux pour un mot vif jugé blessant ou une histoire salée dans laquelle les susceptibilités exacerbées voulaient voir des allusions offensantes.

Ennuyé par ces clients, l'hôte les pria impérieusement de régler leur compte et de se retirer, les prévenant fermement qu'il ne leur donnerait plus rien à boire.

Après avoir un peu parlementé et vidé leurs verres, l'un d'eux, plus ivre que les autres, brandit de sa poche une grande bourse de cuir multicolore dont il délaça lentement les cordons, et en sortit une pièce de vingt francs qu'il voulait remettre au tenancier de la gargote. Margot sautillait toujours à terre, presque sous les pieds de l'homme. Malheureusement, dans les gros doigts engourdis encore par des libations multipliées, le louis chavira, glissa et tomba. L'ivrogne recula sa chaise afin de prendre l'espace suffisant pour se baisser et le ramasser. Il ne vit rien. Les autres avaient écarté leurs pieds avec bruit, et Margot, comme effrayée par ce tintamarre, filait le bec haut vers la porte. Nul n'y prit garde. L'ivrogne chercha, jura ; les autres se penchèrent aussi ; l'hôte et l'hôtesse s'approchèrent et leurs regards aigus fouillèrent les raies du pavé. On ne voyait rien. On frotta des allumettes, on alluma une chandelle. Rien n'apparut. L'ivrogne sacra plus fort, cria, se fâcha ! Il avait bien sorti une pièce de vingt francs (quelqu'un l'avait dû prendre), ce n'était pas un tour à jouer à un client ou à un ami ! Les autres ivrognes protestèrent de leur bonne foi, il les mit hors de cause et s'en prit au patron, qui les mettait dehors. D'abord, pourquoi les mettait-il à la porte ? Alors il y eut des injures, des menaces, des cris ; des gifles claquèrent, des coups de poing sonnèrent, des coiffures voltigèrent, le sang gicla d'un nez ; la table bascula, culbutant les litres, les verres dans un tintamarre effrayant, tandis qu'une mêlée sanglante agitait cette grappe d'hommes, se déchirant, se frappant, hurlant, dans la certitude de l'honnêteté de leur cause, et que l'hôtesse levait les bras au ciel, envoyant chercher des voisins pour séparer ces gens qui se cognaient toujours au hasard, ne sachant d'ailleurs plus au juste pourquoi.

Comme on ne revit jamais la pièce, l'aubergiste resta convaincu que l'ivrogne n'avait rien sorti de sa bourse qu'il n'avait ouverte que pour avoir un motif de lui chercher noise, et chacun se rangea à son avis.

Margot seule possédait la vérité, et si elle gagnait la cour si précipitamment, c'était qu'elle emportait dans son bec la pièce qu'elle avait saisie sur le soulier de l'ivrogne au moment où elle était tombée sans faire de bruit.

Ce fut vers ces temps qu'un des clients de l'auberge eut cette inspiration fatale pour Margot : si on l'habituait à boire du vin !

La chose fut difficile, l'odeur de la purée septembrale non moins que sa couleur lui inspirant une insurmontable défiance. Il fallut user de ruse et faire flèche de ses sentiments bien connus de gourmandise pour l'amener au but. Comme par mégarde, un jour que Margot était sur la table où un buveur partageait avec elle un biscuit, dont elle était friande, il laissa tomber dans son verre, où il avait mis au préalable du vin blanc très sucré, le morceau qu'il tendait à la pie. Alors il lui approcha le verre, et malgré son appréhension Margot vint le retirer par petites miettes, car il s'était défait, goûtant ainsi en même temps au liquide sucré qui lui sembla exquis. C'est pourquoi, peu après, l'homme lui tendant de nouveau le verre sans l'appât du biscuit, elle y vint boire goulûment et y retourna toute seule plusieurs fois de suite.

Insensiblement on colora le liquide et on diminua la dose de sucre, si bien qu'au bout de quelque temps Margot ne buvait plus que du vin et dédaignait profondément le bol d'eau fraîche à la surface duquel la poussière surnageait comme une écume grise.

Les premiers effets du vin sur Margot furent curieux : elle caqueta tout le jour, sautant d'une table à l'autre, agaçant les clients, leur flanquant des coups de bec, puis passa en titubant devant Mitis qui la regardait les moustaches droites, les oreilles en casse-cou comme une coiffure de gavroche, avec l'air de se moquer d'elle, et alla aussitôt tirer la queue de Miraut avec une indiscrétion répétée qui lui attira un coup de gueule plus énergique, disant clairement que la plaisanterie avait suffisamment duré.

Ahurie de cette réplique, elle écarta les jambes en soulevant un peu les ailes, du geste d'une commère qui, les poings sur les hanches, se prépare à invectiver une voisine, et lui tint, un quart d'heure durant, un discours prolixe et obscur où les mêmes consonances revenaient à intervalles réguliers, à la façon des malédictions antiques, mais dont Miraut eut le bon esprit de ne se point déranger.

Puis, comme étourdie de son verbiage, elle s'alla fourrer sous le retrait du cendrier et dormit.

Chaque jour elle buvait davantage, et son humeur querelleuse s'en accentuait ; aussi s'attira-t-elle de verts grognements de Miraut, de légers coups de pied au derrière des ivrognes et quelques sérieux coups de griffe de Mitis.

Maintenant elle ne voulait plus boire que du vin, et quand, pour une bonne plaisanterie, un client lui tendait un verre contenant de l'eau, dès qu'elle y avait trempé le bec, prise de colère, selon l'inspiration du moment, elle flanquait un bon coup de bec au mauvais plaisant ou bien de la tête et du cou lui renversait brusquement son verre.

Elle subit dès lors sans défiance, dans le désarmement passif de la brute qu'aucun noble subconscient de bête ne domine et ne dirige, les plaisanteries les plus ineptes et les plus méchantes.

Comme elle saisissait indifféremment pour le cacher tout ce qu'on lui tendait, elle prit un jour par le bout enflammé qu'un ivrogne lui présentait une cigarette qu'il venait d'allumer. Il y eut un fusement de corne qui brûle, une odeur de roussi, un petit râle atroce de souffrance, et pendant que les buveurs se tordaient de rire, la pauvre bête, le bec ouvert par une douleur sans nom, s'enfuyait sans rien voir, de tous les côtés, heurtant les murs, se cognant aux meubles, poussant des cris plaintifs et des râles de désespoir. Deux jours durant elle vécut ainsi sans boire ni manger, le bec ouvert, reprenant peu à peu, par la souffrance, conscience de sa vie animale, de sa déchéance, et restant tout le temps sombre et désolée dans son obscur recoin.

Enfin elle remangea, elle rebut, de l'eau d'abord, puis du vin de nouveau qu'elle avalait par petites becquées ; elle redevint hargneuse, jouant de moins en moins, s'alcoolisant de plus en plus, et passant son temps à boire dans le verre des ivrognes, à sommeiller dans son coin ou à radoter dans la demi-veille de l'ivresse le même cri, « pouai ! pouai ! » monotone et vide.

Rien de particulier n'avait signalé cette journée Margot avait bu comme d'habitude et comme d'habitude s'était couchée avec le crépuscule un peu après la rentrée des poules.

Tapie dans son retrait, les plumes ébouriffées, la tête enfoncée dans le cou, le bec pendant, les paupières nues, closes, elle frissonnait, en proie à un de ces cauchemars impossibles où s'associent les sensations les plus burlesques et les plus douloureuses.

La lumière d'une des lampes à pétrole, dégarnie de son abat-jour, donnait en plein dans son recoin, et il lui semblait qu'une horde de chats et de poules, alliés contre elle, l'entourait, la menaçant de cigarettes allumées et brûlantes. Elle se secouait pour échapper à leur poursuite, levant les pattes alternativement et fermant désespérément son bec de toutes ses forces pour ne pas être brûlée.

Les deux syllabes de son nom, violemment prononcées, la tirèrent ahurie de ce sommeil pénible. Elle ouvrit ses yeux, qu'elle referma aussitôt avec douleur dans le choc brusque de lumière aveuglante dont ils furent emplis. Mais l'appel fut répété : « Margot ! »

Elle ne bougea pas, encore sous l'appréhension de son rêve mauvais, méfiante, angoissée, sentant l'impossibilité de fuir dans ce monde étrange, presque inconnu pour elle, et tant redouté, de lumière et de nuit.

Mais deux mains la soulevèrent et, brutales, la jetèrent sur la table, face à la lampe, entre les verres à pied rougeoyant de liqueur, qui semblaient posés aux quatre coins de la table comme des bornes qu'elle ne devait pas franchir. Éblouie et folle de peur, elle se retourna pour fuir la clarté qui lui faisait mal, tandis que les hommes riaient bruyamment de son embarras et de sa souffrance.

— Viens boire un coup, Margot ! et un verre lui fut tendu.

Mais Margot fermait obstinément le bec et les paupières, sentant obscurément dans la raucité des voix un danger à redouter.

— Elle ne veut même plus de vin, cette gueuse-là, fit un ivrogne. Si on lui faisait prendre un marc !

Et aussitôt il présenta à Margot, dans un petit verre, l'eau-de-vie qu'il lui destinait. Mais le bec restait clos, la bête ne comprenant pas, apeurée, ne voulant rien.

Alors, de force, un homme lui desserra le bec, tandis qu'un autre lui versait successivement et coup sur coup trois cuillerées d'alcool dans le gosier. L'effet fut fantastique.

Immédiatement, Margot se redressa, sembla grandir, ouvrit ses yeux fous, écarta les ailes violemment, les battit avec force et, fixant la lampe intensément, dardant sur elle la fixité étincelante de ses prunelles frangées de sang, épouvantant les buveurs qui se reculèrent, elle se précipita d'un élan irrésistible sur la lumière, sur cette lampe que, dans son cerveau affolé, elle rendait responsable de l'atroce brûlure qui lui dévorait l'intérieur.

La lampe, violemment heurtée, chavira, roula en morceaux sur le sol, enflammant le pétrole, brûlant le tapis, les chaises, la table, allumant un commencement d'incendie qui étouffa et flamba vive Margot, allégeant peut-être par cette souffrance extérieure l'horrible douleur qui lui rongeait le cerveau et les entrailles.

Et lorsque les buveurs eurent éteint le feu allumé par la pie ivre-folle, devant le cadavre à demi carbonisé et raidi de la bête morte ou plutôt délivrée, l'un d'eux, résumant l'opinion générale, énonça gravement, avec la suprême inconscience des humains :

— Cette charogne-là ! hein ! si c'est méchant tout de même !

La tragique aventure de Goupil 9
Le viol souterrain 57
L'horrible délivrance 65
La fin de Fuseline 73
La conspiration du murger 85
Le fatal étonnement du Guerriot 97
L'évasion de la mort 109
La captivité de Margot 119

COLLECTION FOLIO

Dernières parutions

3108.	Christian Bobin	*La plus que vive.*
3109.	René Frégni	*Tendresse des loups.*
3110.	N. Scott Momaday	*L'enfant des temps oubliés.*
3111.	Henry de Montherlant	*Les garçons.*
3113.	Jerome Charyn	*Il était une fois un droshky.*
3114.	Patrick Drevet	*La micheline.*
3115.	Philippe Forest	*L'enfant éternel.*
3116.	Michel del Castillo	*La tunique d'infamie.*
3117.	Witold Gombrowicz	*Ferdydurke.*
3118.	Witold Gombrowicz	*Bakakaï.*
3119.	Lao She	*Quatre générations sous un même toit.*
3120.	Théodore Monod	*Le chercheur d'absolu.*
3121.	Daniel Pennac	*Monsieur Malaussène au théâtre.*
3122.	J.-B. Pontalis	*Un homme disparaît.*
3123.	Sempé	*Simple question d'équilibre.*
3124.	Isaac Bashevis Singer	*Le Spinoza de la rue du Marché.*
3125.	Chantal Thomas	*Casanova. Un voyage libertin.*
3126.	Gustave Flaubert	*Correspondance.*
3127.	Sainte-Beuve	*Portraits de femmes.*
3128.	Dostoïevski	*L'Adolescent.*
3129.	Martin Amis	*L'information.*
3130.	Ingmar Bergman	*Fanny et Alexandre.*
3131.	Pietro Citati	*La colombe poignardée.*
3132.	Joseph Conrad	*La flèche d'or.*
3133.	Philippe Sollers	*Vision à New York*
3134.	Daniel Pennac	*Des chrétiens et des Maures.*
3135.	Philippe Djian	*Criminels.*
3136.	Benoît Duteurtre	*Gaieté parisienne.*
3137.	Jean-Christophe Rufin	*L'Abyssin.*
3138.	Peter Handke	*Essai sur la fatigue. Essai sur le juke-box. Essai sur la journée réussie.*

3139. Naguib Mahfouz — *Vienne la nuit.*
3140. Milan Kundera — *Jacques et son maître, hommage à Denis Diderot en trois actes.*
3141. Henry James — *Les ailes de la colombe.*
3142. Dumas — *Le Comte de Monte-Cristo I.*
3143. Dumas — *Le Comte de Monte-Cristo II.*

3144 — *Les Quatre Évangiles.*
3145 Gogol — *Nouvelles de Pétersbourg.*
3146 Roberto Benigni et Vicenzo Cerami — *La vie est belle.*
3147 Joseph Conrad — *Le Frère-de-la-Côte.*
3148 Louis de Bernières — *La mandoline du capitaine Corelli.*
3149 Guy Debord — *"Cette mauvaise réputation..."*
3150 Isadora Duncan — *Ma vie.*
3151 Hervé Jaouen — *L'adieu aux îles.*
3152 Paul Morand — *Flèche d'Orient.*
3153 Jean Rolin — *L'organisation.*
3154 Annie Ernaux — *La honte.*
3155 Annie Ernaux — *«Je ne suis pas sortie de ma nuit».*
3156 Jean d'Ormesson — *Casimir mène la grande vie.*
3157 Antoine de Saint-Exupéry — *Carnets.*
3158 Bernhard Schlink — *Le liseur.*
3159 Serge Brussolo — *Les ombres du jardin.*
3161 Philippe Meyer — *Le progrès fait rage. Chroniques 1.*
3162 Philippe Meyer — *Le futur ne manque pas d'avenir. Chroniques 2.*
3163 Philippe Meyer — *Du futur faisons table rase. Chroniques 3.*
3164 Ana Novac — *Les beaux jours de ma jeunesse.*
3165 Philippe Soupault — *Profils perdus.*
3166 Philippe Delerm — *Autumn*
3167 Hugo Pratt — *Cour des mystères*
3168 Philippe Sollers — *Studio*
3169 Simone de Beauvoir — *Lettres à Nelson Algren. Un amour transatlantique. 1947-1964*

3170 Elisabeth Burgos — *Moi, Rigoberta Menchú*
3171 Collectif — *Une enfance algérienne*
3172 Peter Handke — *Mon année dans la baie de Personne*
3173 Marie Nimier — *Celui qui court derrière l'oiseau*
3175 Jacques Tournier — *La maison déserte*
3176 Roland Dubillard — *Les nouveaux diablogues*
3177 Roland Dubillard — *Les diablogues et autres inventions à deux voix*
3178 Luc Lang — *Voyage sur la ligne d'horizon*
3179 Tonino Benacquista — *Saga*
3180 Philippe Delerm — *La première gorgée de bière et autres plaisirs minuscules*
3181 Patrick Modiano — *Dora Bruder*
3182 Ray Bradbury — *... mais à part ça tout va très bien*
3184 Patrick Chamoiseau — *L'esclave vieil homme et le molosse*
3185 Carlos Fuentes — *Diane ou La chasseresse solitaire*
3186 Régis Jauffret — *Histoire d'amour*
3187 Pierre Mac Orlan — *Le carrefour des Trois Couteaux*
3188 Maurice Rheims — *Une mémoire vagabonde*
3189 Danièle Sallenave — *Viol*
3190 Charles Dickens — *Les Grandes Espérances*
3191 Alain Finkielkraut — *Le mécontemporain*
3192 J.M.G. Le Clézio — *Poisson d'or*
3193 Bernard Simonay — *La première pyramide, I : La jeunesse de Djoser*
3194 Bernard Simonay — *La première pyramide, II : La cité sacrée d'Imhotep*
3195 Pierre Autin-Grenier — *Toute une vie bien ratée*
3196 Jean-Michel Barrault — *Magellan : la terre est ronde*
3197 Romain Gary — *Tulipe*
3198 Michèle Gazier — *Sorcières ordinaires*
3199 Richard Millet — *L'amour des trois sœurs Piale*
3200 Antoine de Saint-Exupéry — *Le petit prince*
3201 Jules Verne — *En Magellanie*
3202 Jules Verne — *Le secret de Wilhelm Storitz*
3203 Jules Verne — *Le volcan d'or*
3204 Anonyme — *Le charroi de Nîmes*

Impression Bussière Camedan Imprimeries
à Saint-Amand (Cher),
le 11 mai 1999.
Dépôt légal : mai 1999.
1er dépôt légal dans la collection : février 1982.
Numéro d'imprimeur : 992224/1.

ISBN 2-07-037353-3./Imprimé en France.
Précédemment publié par le Mercure de France.
ISBN 2-7152-0007-2.

91748